歷代全集叢刊／張印棟主編

歐陽文忠公全集十八種附一種

（第六册）

（宋）歐陽修 撰

河南人民出版社

易童子問卷第一　　歐陽文忠公集七十六

童子問曰乾元亨利貞何謂也曰衆辭淆亂質諸聖彖者聖人之言也童子曰然則乾無四德而文言非聖人書乎曰是魯穆姜之言也在襄公之九年

童子問曰象曰天行健君子以自強不息何謂也曰其傳久矣而世無疑焉吾獨疑之也蓋聖人取象所以明卦也故曰天行健乾而嫌其執於象也則又以人事言之故曰君子以自強不息六十四卦皆然也易之闕文多矣

童子問曰乾曰用九坤曰用六何謂也曰釋所以不

用七八也乾爻七九則變坤爻八六則變易用變以爲占故以名其爻也陽過乎亢則災數至九而必變故曰見群龍無首吉物極則反數窮則變天道之常也故曰天德不可爲首也陰柔之動多入於邪聖人因其變以戒之故曰利永貞

童子問曰屯之彖象與卦之義反何謂也曰吾不知也童子曰屯之卦辭曰勿用有攸往彖曰動乎險中大亨貞動而大亨其不往乎象曰君子以經綸不往而能經綸乎曰居屯之世者勿用有攸往衆人也治屯之時者動乎險而經綸之大人君子也故曰利建

俟

童子問曰象曰山下出泉蒙君子以果行有德何謂也曰蒙者未知所適之時也處乎蒙者果於自信其行以育德而已蒙有時而發也患乎不果於自脩以養其德而待也

童子問曰象曰雲上於天需君子以飲食宴樂何謂也曰需須也事有期而時將至也雲已在天澤將施也君子之時將及矣少待之焉飲食以養其體宴安和樂以養其志有待之道也

童子問曰師貞丈人何謂也曰師正於丈人也其象

曰能以衆正可以王矣童子曰敢問可以王矣孰能當之曰湯武是已彼二王者以臣伐主其爲毒也甚矣然其以本於順民之欲而除其害猶毒藥瞑眩以去疾也故其彖又曰行險而順以此毒天下而民從之童子曰然則湯武之師正乎曰凡師必正於丈人者文王之志也以此毒天下而王者湯武也湯武以應天順人爲心故孟子曰有湯武之心則可也童子曰吉無咎何謂也曰爲易之說者謂無咎者本有咎也又曰善補過也嗚呼舉師之成功莫大於王也然不免毒天下而僅得補過無咎以此見兵非聖王之

所務而湯武不足貴也
童子問曰地上有水比先王以建萬國親諸侯何謂也曰王氏之傳曰萬國以比建諸侯以比親得之矣蓋王者之於天下不可以獨比也故建爲萬國君以諸侯使其民各比其君而萬國之君共比於王則視天下如身之使臂臂之使指矣
童子問曰同人之象曰唯君子爲能通天下之志象又曰君子以類族辨物何謂也曰通天下之志者同人也類族辨物者同物也夫同天下者不可以一槩必使夫各得其同也人睽其類而同其欲則志通物

安其族而同其生則各從其類故君子於人則通其志於物則類其族使各得其同也

童子問曰天道虧盈而益謙地道變盈而流謙鬼神害盈而福謙人道惡盈而好謙何謂也曰聖人急於人事者也天人之際罕言焉惟謙之彖略具其説矣聖人人也知人而已天地鬼神不可知故推其迹人可知者故直言其情以人之情而推天地鬼神之迹無以異也然則脩吾人事而已人事脩則與天地鬼神合矣

童子問曰雷出地奮豫先王以作樂崇德殷薦之上

帝以配祖考何謂也曰於此見聖人之用心矣聖人憂以天下樂以天下其樂也薦之上帝祖考而已其身不與焉衆人之豫豫其身耳聖人以天下爲心者也是故以天下之憂爲已憂以天下之樂爲已樂

童子問曰觀之象曰先王以省方觀民設教何謂也曰聖人處乎人上而下觀於民各因其方順其俗而教之民知各安其生而不知聖人所以順之者此所謂神道設教也童子曰順民先王之所難歟曰後王之不戾民者鮮矣

童子問曰剥不利有攸往彖曰順而止之觀象也君

子尚消息盈虛天行也者何謂也曰剥陰剥陽也小人道長君子道消之時也故曰不利有攸往君子於此時而止與屯之勿往異矣屯之世衆人宜勿往而君子動以經綸之時也剥者君子止而不往之時也剥盡則復否極則泰消必有息盈必有虛天道也是以君子尚之故順其時而止亦有時而進也

童子問曰復其見天地之心乎者何謂也曰天地之心見乎動復也一陽初動於下矣天地所以生育萬物者本於此故曰天地之心也天地以生物爲心者也其彖曰剛反動而以順行是矣童子曰然則象曰

先王以至日閉關商旅不行后不省方豈非靜乎曰至日者陰陽初復之際也其來甚微聖人安靜以順其微至其盛然後有所爲也不亦宜哉

童子問曰大過之卦辭曰利有攸往亨其象曰君子以獨立不懼遯世無悶者其壯乎其遯乎曰易非一體之書而卦不爲一人設也大過者橈敗之世可以大有爲矣當物極則反易爲之力之時是以往而必亨也然有不以爲利而不爲者矣故居是時也往者利而亨遯者獨立而無悶

童子問曰坎之卦曰習坎其彖曰習坎重險也者何

謂也曰坎因重險之象以戒人之慎習也習高山者可以追猱猱習深淵者至能泅泳出沒以為樂夫險可習則天下之事無不可為也是以聖人於此戒人之習惡而不自知誘人於習善而不倦故其象曰君子以常德行習教事也

童子問曰咸取女吉何謂也曰咸感也其卦以剛下柔故其彖曰男下女是以取女吉也童子又曰然則男女同類歟曰男女睽而其志通謂各睽其類也凡柔與柔為類剛與剛為類謂感必同類則以柔應柔以剛應剛可以為感乎故必二氣交感然後為咸也

夫物類同者自同也何所感哉惟異類而合然後見其感也鐵石無情之物也而以磁石引針則雖隔物而應彖曰觀其所感而萬物之情可見者謂此類也童子又曰然則聖人感人心而天下和平是果異類乎曰天下之廣蠻夷戎狄四海九州之類不勝其異也而能一以感之此王者所以爲大聖人所以爲能

童子問曰恒利有攸往終則有始何謂也曰恒之爲言久也所謂窮則變變則通通則久也久於其道者知變之謂也天地升降而不息故曰天地之道久而不已也日月往來與天偕行而不息故曰日月得天

而能久照四時代謝循環而不息故曰四時變化而久成聖人者尚消息盈虛而知進退存亡者也故曰聖人久於其道而化成

童子問曰遯亨小利貞何謂也曰遯陰進而陽遯也遯者見之先也陰進至于否則不正利矣遯者陰浸而未盛陽能先見而遯猶得小利其正焉

童子問曰明入地中明夷君子以莅衆用晦而明何謂也曰日君象也而下入于地君道晦而天下晴矣大哉萬物各得其隨則君子嚮晦而入宴息天下暗而思明則君子出而臨衆商紂之晦周道之明也因

其晦發其明故曰用晦而明童子曰然則聖人貴之乎曰不貴也聖人非武王而貴文王矣

童子問曰家人利女貞何謂也其不利君子之正乎曰是何言歟彖不云乎女正位乎內男正位乎外也曰然則何爲獨言利女正曰家道主於內故女正乎內則一家正矣凡家人之禍未有不始於女子者也此所以戒也嗚呼事無不利於正未有不正而利者聖人於卦隨事以爲言故於坤則利牝馬之正於同人則利君子正於明夷則利艱正於家人則利女正

童子問曰睽之彖與卦辭之義反何謂也曰吾不知

也童子曰睽之卦曰小事吉彖曰睽之時用大矣哉曰小事睽則吉大事睽則凶也凡睽於此者必有合於彼地睽其下而升天睽其上而降則上下交而爲泰是謂小睽而大合使天地睽而上下不交則否矣聖人因其小睽而通其大利故曰天地睽而其事同男女睽而其志通萬物睽而其事類其象又曰君子以同而異

易童子問卷第一

易童子問第三

乾坤　乾爻七九九則變坤爻八六六則變（一作乾爻七九九則變坤爻八六六則變）

第四屯　動乎險而經綸之（險字下一有中字）

第五蒙　以養其德（以一作不）

第七師　臣伐主（主一作君）以人本於順（以當作心）兵非聖王（王一作人）

第九同人　急於人事（急一作適）

第十一觀　下觀於民（於一作乎）

第十二賁　動以經綸（易釋文黃穎云經綸匠也本亦作綸）

第十三復　見乎動復也（復字下一有動字）

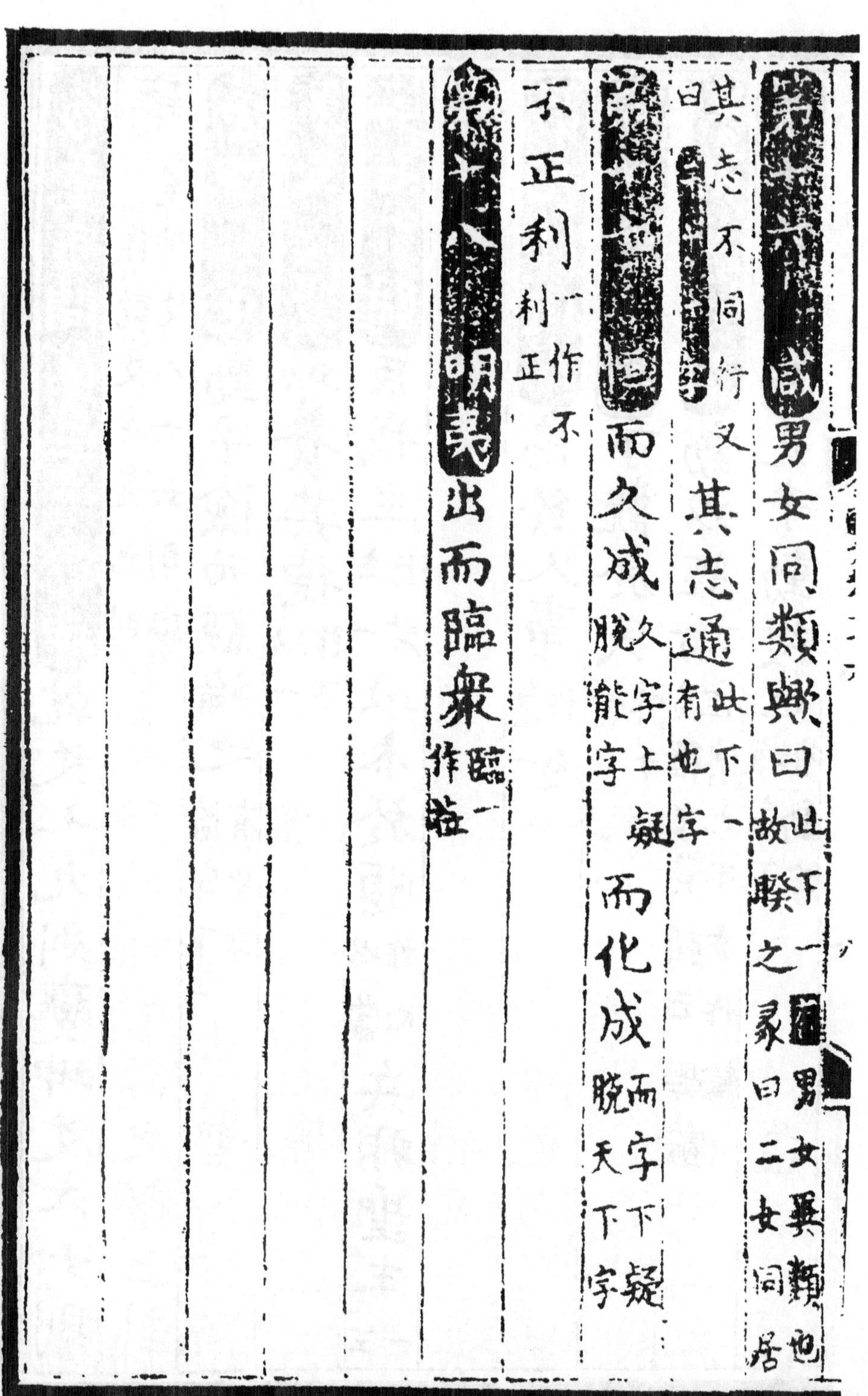

[illegible]咸男女同類歟曰此下一有[illegible]男女異類也故睽之彖曰二女同居

其志不同行又曰[illegible]其志通此下一有也字

[illegible]曰而久成久字上疑脫能字而化成而字下疑脫天下字

不正利一作不利正

[illegible]明夷出而臨衆臨一作莅

易童子問卷第二　　歐陽文忠公集七十七

童子問曰：履險蹈難謂之蹇，解難濟險謂之解，二卦之義相反而辭同，皆曰利西南者，何謂也？曰：聖人於斯二卦辭則同而義則異，各於其彖言之矣。蹇之彖曰往得中也，解之彖曰往得衆也者是已。西南坤也，坤道主順，凡居蹇難者以順而後免於患，然順過乎柔則入於邪，必順而不失其正，故曰往得中也。解難者必順人之所欲，故曰往得衆也。

童子問曰：損，損下益上；益，損上益下，何謂也？曰：上君而下民也。損民而益君，損矣；損君而益民，益矣。語曰百姓足君孰與不足此之謂也童子又曰損之象曰君子以懲忿窒慾益之象曰君子以見善則遷有過則改何謂也曰嗚呼君子者天下繫焉其一身之損益天下之利害也君子之自損忿慾爾自益者遷善而改過爾然而肆其忿慾者豈止一身之損哉天下有被其害矣遷善而改過者豈止一己之益哉天下有蒙其利者矣童子曰君子亦有過乎曰湯孔子聖人也皆有過矣君子與衆人同者不免乎有過也其異乎衆人者過而能改也湯孔子不免有過則易之所謂損益者豈止一身之損益哉

童子問曰夬不利即戎何謂也曰謂其已甚也去小人者不可盡蓋君子者養小人者也小人之道長斯害矣不可以不去也小人之道已衰君子之利及乎天下矣則必使小人受其賜而知君子之可尊也故不可使小人而害君子必以君子而養小人夬剛決柔之卦也五陽而一陰決之雖易而聖人不欲其盡決也故其彖曰所尚乃窮也小人盛則決之衰則養之使知君子之爲利故其象曰君子以施祿及下小人已衰君子已盛物極而必反不可以不懼故其象又曰居德則忌

童子問曰困亨貞大人吉無咎其彖曰險以說困而不失其所亨何謂也曰困亨者困極而後亨物之常理也所謂易窮則變變則通也困而不失其所亨者在困而亨也惟君子能之其曰險以說者處險而不懼也惟有守于其中則不懼于其外惟不懼則不失其所亨謂身雖困而志則亨也故曰其惟君子乎其象又曰君子以致命遂志者是也童子又曰敢問正大人吉無咎者古之人孰可以當之曰文王之羑里箕子之明夷

童子問曰革之彖曰湯武革命順乎天而應乎人何

謂也曰逆莫大乎以臣伐君君君不君則非君矣是以至仁而伐桀紂之惡天之所欲誅而人之所欲去湯武誅而去之故曰順乎天而應乎人也童子又曰然則正乎曰正者常道也堯傳舜舜傳禹禹傳子是已權者非常之時必有非常之變也湯武是已故其彖曰革之時大矣哉云者見其難之也童子又曰湯武之事聖人貴之乎曰孔子區區思文王而不已其厚於此則薄於彼可知矣童子又曰順天應人豈非極稱之乎何謂薄曰聖人於革稱之者適當其事爾若乾坤者君臣之正道也於乾坤而稱湯武可乎聖

人於坤以履霜爲戒以黄裳爲吉也

童子問曰革去故而鼎取新何謂也曰非聖人之言也何足問革曰去故不待言而可知鼎曰取新易無其辭汝何從而得之夫以新易舊故謂之革若以商革夏以周革商故其象曰湯武革命者是也然則以新革故一事爾分於二卦者其誰乎童子又曰然則鼎之義何謂也曰聖人言之矣以木巽火亨飪也

童子問曰震之辭曰震驚百里不喪匕鬯者何謂也曰震者雷也驚乎百里震之大者也處大震之時衆皆震驚而獨能不失其守不喪其器者可以任大事

矣故其彖曰震驚百里驚遠而懼邇也不喪匕鬯出可以守宗廟社稷爲祭主者謂可任以大事也童子曰郭公夏五聖人所以傳疑彖之闕文奈何曰聖人疑則傳疑也若震之彖其辭雖闕其義則在又何疑焉

童子問曰艮之象曰君子以思不出其位何謂也曰艮者君子止而不爲之時也時不可爲矣則止而以待其可爲而爲者也故其彖曰時止則止時行則行於斯時也在其位者宜如何思不出其位而已然則位之所職不敢廢也詩云風雨如晦鷄鳴不已此之

謂也

童子問曰歸妹征凶彖曰歸妹天地之大義人之終始也其卦辭凶而彖辭吉何謂也曰合二姓具六禮而歸得其正者此彖之所謂妹者也若婚不以禮而從人者卦所謂征凶者也童子曰敢問何以知之曰咸之辭曰取女吉其爲卦也艮下而兌上故其彖曰上柔而下剛男下女是以吉也漸之辭曰女歸吉其爲卦也艮下而巽上其上柔下剛以男下女皆與咸同故又曰女歸吉也歸妹之爲卦也不然兌下而震上其上剛下柔以女下男正與咸漸反故彼吉則此

凶矣故其象曰征凶位不當也者謂兑下震上也童子曰取必男下女乎曰夫婦所以正人倫禮義所以養廉耻故取女之禮自納采至于親迎無非男下女而又有漸也故漸之象曰漸之進也女歸吉也者是已奈何歸妹以女下男而往其有不凶者乎

童子問曰兑之象曰順乎天而應乎人何謂也曰兑說也說以先民民忘其勞說以犯難民忘其死說莫大於此矣而所以能使民忘勞與死者非順天應人則不可由是見小惠不足以說人而私愛不可以求說

童子問曰萃聚也其辭曰王假有廟渙散也其辭又曰王假有廟何謂也曰謂渙爲散者誰歟易無其辭也童子曰然則敢問渙之義曰吾其敢爲臆説乎渙之卦辭曰利涉大川其彖曰乘木有功也其象亦曰風行水上渙而人之語者冰釋汗渙皆曰渙然則渙者流行通達之謂也與夫乖離分散之義異矣嗚呼王者富有九州四海萬物之象莫大於萃可以有廟矣功德流行達于天下莫大於渙可以有廟矣

童子問曰節之辭曰苦節不可貞者自節過苦而不得其正歟物被其節而不堪其苦歟曰君子之所以

節於已若爲其愛於物也故其彖曰節以制度不傷財不害民者是也節者物之所利也何不堪之有乎夫所謂苦節者節而太過行於己不可久雖久而不可施於人故曰不可正也童子曰敢問其人曰異衆以取名貴難而自刻者皆苦節也其人則鮑焦於陵仲子之徒是矣二子皆苦者也

童子問曰小過之象曰君子以行過乎恭喪過乎哀用過乎儉者何謂也曰是三者施於行己雖有過焉無害也若施於治人者必合乎大中不可以小過也蓋仁過乎愛患之所生也刑過乎威亂之所起也推

是可以知之矣

童子問曰既濟之象曰君子思患而豫防之者何謂也曰人情處危則慮深居安則意怠而患常生於怠忽也是以君子既濟則思患而豫防之也

童子問曰火在水上未濟君子以慎辨物居方何謂也曰未濟之象火宜居下而反居上水宜居上而反居下二物各失其所居而不相濟也故君子慎辨其物宜而各置其物於所宜居之方以相爲用所以濟乎未濟也

易童子問卷第二

易童子問第二

履 坤道主順（此下一有又順衆也三字）

第一 損 君子之自損（此下一有者字）有被其害矣（矣字上一有者字）

第五 革 貴之乎（一作所貴乎）順天應人（此上一有其曰二字）

第八 艮 可爲而爲者也（爲者一作有爲）

第十 兌 萬物之象（象一作衆）

第十一 節 皆苦者也（皆苦一作其甚）

第十二 小過 於治人者（一無者字）

易童子問卷第三　歐陽文忠公集七十八

童子問曰：繫辭非聖人之作乎曰何獨繫辭焉文言說卦而下皆非聖人之作而衆說淆亂亦非一人之言也昔之學易者雜取以資其講說而說非一家是以或同或異或是或非其擇而不精至使害經而惑世也然有附託聖經其傳已久莫得究其所從來而覈其真僞故雖有明智之士或貪其雜博之辯溺其富麗之辭或以爲辨疑是正君子所慎是以未始措意於其間若余者可謂不量力矣邈然遠出諸儒之後而學無師授之傳其勇於敢爲而決於不疑者以

聖人之經尚在可以質也童子曰敢問其略曰乾之初九曰潛龍勿用聖人於其象曰陽在下也豈不曰其文已顯而其義已足乎而爲文言者又曰龍德而隱者也又曰陽在下也又曰陽氣潛藏又曰潛之爲言隱而未見繫辭曰乾以易知坤以簡能易則易知簡則易從易知則有親易從則有功有親則可久有功則可大可久則賢人之德可大則賢人之業其言天地之道乾坤之用聖人所以成其德業者可謂詳而備矣故曰易簡而天下之理得矣者是其義盡於此矣俄而又曰廣大配天地變通配四時陰陽之義配

日月易簡之善配至德又曰夫乾確然示人易矣夫坤隤然示人簡矣又曰夫乾天下之至健也其德行常易以知險夫坤天下之至順也其德行常簡以知阻繫辭曰六爻之動三極之道也者謂六爻而兼三材之道也其言雖約其義無不包矣又曰易之爲書也廣大悉備有天道焉有人道焉有地道焉兼三材而兩之故六六者非他也三材之道也而説卦又曰立天之道曰陰與陽立地之道曰柔與剛立人之道曰仁與義兼三材而兩之故易六畫而成卦分陰分陽迭用柔剛故易六位而成章繫辭曰聖人設卦觀

象繫辭焉而明吉凶又曰辨吉凶者存乎辭又曰聖人有以見天下之動而觀其會通以行其典禮繫辭焉以斷其吉凶是故謂之爻又曰易有四象所以示也繫辭焉所以告也定之以吉凶所以斷也又曰設卦以盡情僞繫辭焉以盡其言其說雖多要其旨歸止於繫辭明吉凶爾可一言而足也凡此數說者其略也其餘辭雖小異而大旨則同者不可以勝舉也謂其說出於諸家而昔之人雜取以釋經故擇之不精則不足怪也謂其說出於一人則是繁衍叢脞之言也其遂以爲聖人之作則又大繆矣孔子之文章

易春秋是已其言愈簡其義愈深吾不知聖人之作繫衍叢脞之如此也雖然辨其非聖之言而已其於易義尚未有害也而又有害經而惑世者矣文言曰元者善之長也亨者嘉之會也利者義之和也貞者事之幹也是謂乾之四德又曰乾元者始而亨者也利貞者性情也則又非四德矣謂此二說出於一人乎則殆非人情也繫辭曰河出圖洛出書聖人則之所謂圖者八卦之文也神馬負之自河而出以授於伏羲者也蓋八卦者非人之所爲是天之所降也又曰包羲氏之王天下也仰則觀象於天俯則觀法於

地觀鳥獸之文與地之宜近取諸身遠取諸物於是始作八卦然則八卦者是人之所爲也河圖不與焉斯二說者已不能相容矣而說卦又曰昔者聖人之作易也幽贊於神明而生蓍參天兩地而倚數觀變於陰陽而立卦則卦又出於蓍矣八卦之說如是是果何從而出也謂此三說出於一人乎則殆非人情也人情常患自是其偏見而立言之士莫不自信其欲以垂乎後世惟恐異說之攻之也其肯自爲二三之說以相抵牾而疑世使人不信其書乎故曰非人情也凡此五說者自相乖戾尚不可以爲一人之說

其可以爲聖人之作乎童子曰於此五說亦有所取乎曰乾無四德而洛不出圖書吾昔已言之矣若元亨利貞則聖人於彖言之矣吾知自堯舜已來用卜筮爾而孔子不道其初也吾敢妄意之乎童子曰是五說皆無取矣然則繁衍叢脞之言與夫自相乖戾之說其書皆可廢乎曰不必廢也古之學經者皆有大傳今書禮之傳尚存此所謂繫辭者漢初謂之易大傳也至後漢已爲繫辭矣語曰爲趙魏老則優不可以爲滕薛大夫也繫辭者謂之易大傳則優於書禮之傳遠矣謂之聖人之作則僭僞之書也蓋夫使

學者知大傳爲諸儒之作而敢取其是而捨其非則三代之末去聖未遠老師名家之世學長者先生之餘論雜於其間者在焉未必無益於學也使以爲聖人之作不敢有所擇而盡信之則害經惑世者多矣此不可以不辨也吾豈好辨者哉童子曰敢問四德曰此魯穆姜之所道也初穆姜之筮也遇艮之隨而爲隨元亨利貞說也在襄公之九年後十有五年而孔子始生又數十年而始贊易然則四德非乾之德文言不爲孔子之言矣童子曰或謂左氏之傳春秋也竊取孔子文言以上附穆姜之說是左氏之過也然

乎曰不然彼左氏者胡爲而傳春秋豈不欲其書之信於世也乃以孔子晚而所著之書爲孔子未生之前之説此雖甚愚者之不爲也蓋方左氏傳春秋時世猶未以文言爲孔子作也所以用之不疑然則謂文言爲孔子作者出於近世乎童子曰敢問八卦之説或謂伏羲已授河圖又俯仰於天地觀取於人物然後畫爲八卦爾二説雖異會其義則一也然乎曰不然此曲學之士牽合傳會以苟通其説而遂其一家之學爾其失由於妄以繫辭爲聖人之言而不敢非故不得不曲爲之説也河圖之出也八卦之文已具乎

則伏羲授之而已復何所爲也八卦之文不具必須人力爲之則不足爲河圖也其曰觀天地觀鳥獸取於身取於物然後始作八卦盖始作者前未有之言也考其文義其創意造始其勞如此而後八卦得以成文則所謂河圖者何與於其間哉若曰已授河圖又須有爲而立卦則觀於天地鳥獸取於人物者皆備言之矣而獨遺其本始所授於天者不曰取法於河圖此豈近於人情乎考今繫辭二說離絶各自爲言義不相通而曲學之士牽合以通其說而悞惑學者其爲患豈小哉古之言僞而辨順非而澤者殺無赦

嗚呼爲斯說者王制之所宜誅也童子曰敢問生蓍立卦之說或謂聖人已畫卦必用蓍以筮也然乎曰不然考其文義可知矣其曰昔者聖人之作易也蓍謂始作易時也又曰幽贊於神明而生蓍參天兩地而倚數觀變於陰陽而立卦發揮於剛柔而生爻者謂前此未有蓍聖人之將作易也感於神明而蓍爲之生聖人得之遂以倚數而立卦是言昔之作易立卦之始如此爾故漢儒謂伏羲畫八卦由數起者用此說也其後學者知幽贊生蓍之惟其義不安則曲爲之說曰用生蓍之意者將以救其失也又以卦由

數起之義害於二說則謂已畫卦而用蓍以筮欲牽合二說而通之也然而考其文義豈然哉若曰已作卦而用蓍以筮則大衍之說是已大抵學易者莫不欲尊其書故務爲奇說以神之至其自相乖戾則曲爲牽合而不能通也童子曰敢請益曰夫諭未達者未能及於至理也必指事據迹以爲言余之所以知繫辭而下非聖人之作者以其言繁衍叢脞而乖戾也蓋略舉其易知者爾其餘不可以悉數也其曰原始反終故知死生之說又曰精氣爲物遊魂爲變是故知鬼神之情狀云者質於夫子平生之語可以知之矣

其曰知者觀乎彖辭則思過半矣又曰八卦以象告爻彖以情言云者以常人之情而推聖人可以知之矣其以乾坤之策三百有六十當期之日而不知七八九六之數同而乾坤無定策此雖筮人皆可以知之矣至於何謂子曰者講師之言也說卦雜卦者筮人之占書也此又不待辨而可以知者然猶皆迹也若夫語以聖人之中道而過推之天下之至理而不通則思之至者可以自得之童子曰既聞命矣敢不勉

易童子問卷第三

易童子問繫辭然有附託有一作其莫不自信其此下一有言字其肯其一作豈洛不出一作河洛不出則三代之末則字下一有自字其間者在焉此下一有取之二字有之不為不字上一有所字遂其一家其一作為聖人之將此上一有由字用生著一作生用著一不能通也而乖戾也二也字下一本咎有如此二字七八九六之數同同字上一有不字

外制集序

慶曆三年春丞相吕夷簡病不能朝上既更用大臣鋭意天下事始用諫官御史疏追還夏竦制書既而召韓琦范仲淹於陝西又除富弼樞密副使弼仲淹琦皆皇恐頓首辭讓至五六不已手詔趣琦等就道甚急而弼方且入求對以辭不得見遣中貴人趣送閤門使即受命嗚呼觀琦等之所以讓上之所以用琦等者可謂聖賢相遭萬世一遇而君臣之際何其盛也於是時天下之士孰不願為材邪顧予何人亦與其選夏四月召自滑臺入諫院冬十二月拜右正

言知制誥是時夏人雖數請命而西師尚未解嚴京東累歲盗賊最後王倫暴起沂州轉劫江淮之間而張海郭貌山等亦起商鄧以驚京西州縣之吏多不稱職而民弊矣天子方慨然勸農桑興學校破去前例以不次用人哀民之困而欲除其蠹吏知磨勘法久之弊而思別材不肖以進賢能患百職之不修而申行賞罰之信盖欲修法度矣予時雖掌誥命猶在諫職常得奏事殿中從容盡聞天子所以更張庶事憂憫元元而勞心求治之意退得載于制書以諷曉訓勅在位者然予方與修祖宗故事又修起居注又

修編勑日與同舍論議治文書所省不一而除目所下率不一二時已迫丞相出故不得專一思慮工文字以盡道天子難諭之意而復誥命於三代之文嗟夫學者文章見用于世鮮矣況得施於朝廷而又遭人主致治之盛若修之鄙使竭其材猶恐不稱而況不能專一其職此予所以常遺恨於斯文也明年秋予出為河北轉運使又明年春權知成德軍事事少間發篋所作制草而閱之雖不能盡載明天子之意於其所述而（一作百）得一二足以章示後世蓋王者之訓在焉豈以予文之鄙而廢也於是録之為三卷予

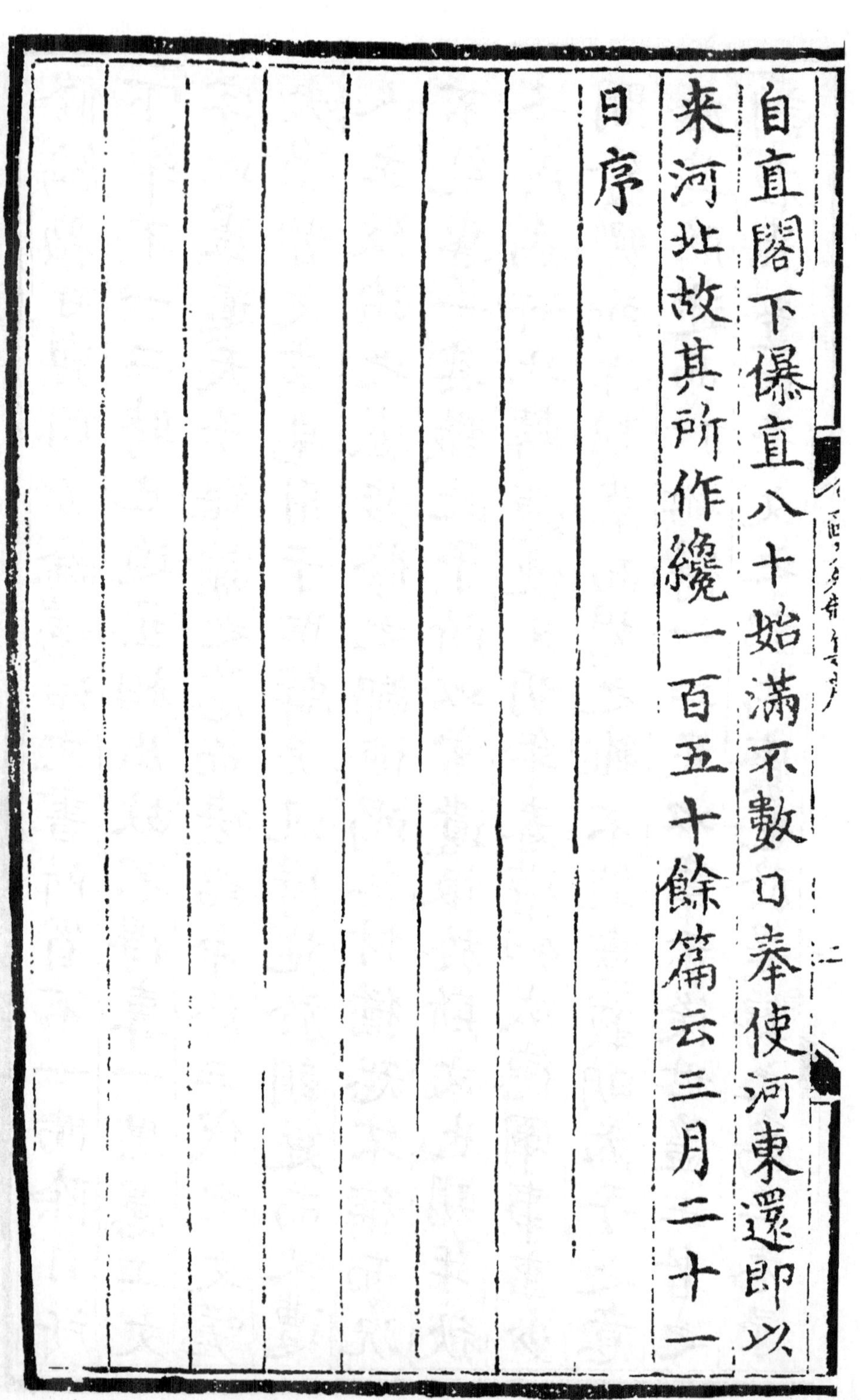

自直閣下傃直八十始滿不數日奉使河東還即以来河北故其所作纔一百五十餘篇云三月二十一日序

外制集卷第一　　歐陽文忠公集七十九

制勅五十首

勸農勅

勅朕惟德之不明而至於用武久興師旅重困黎元有閔民愛物農一作之心誰能副予意者有信賞必罰之令今將舉而行之朕言有條其聽無忽夫農天下之本也凡為國者莫不務焉要在節其用則易充勉其力使不匱今夫食者甚衆而輸者已殫勸之不勤而取之御足使民盡耕猶不給而半為游惰之手使歲常熟猶恐乏而多罹水旱之凶調歛不得已也而

吏之不仁（一作明）者緣以誅求賦役自有法也而政之不明者重為煩費農者有幾害者若茲欲寬吾民何可得也既富而教豈無術乎體予茲懷望爾良吏自今在官有能興水利闢田荒（一作荒田）課農桑增戶口凡有利於（一有於字）農而弗（一作不）擾者有司具為（一作其）賞格當議旌酬其或陂池不修田野不闢桑棗不植戶口流亡慢政隳官亦行降黜夫言而不信法弛於寬朕久患之方思革弊爾毋猶習舊態慢我新書此匪虛名必期責實凡爲條約告爾既明賞吾不欺罰爾無悔

須貢舉條制勅

勅夫儒者通乎天地人之理而兼明古今治亂之原可謂博矣然學者不得騁其說而有司務先聲病章句以牽拘之則吾豪儁奇偉之士何以奮焉有純明朴茂之美而無斆學養成之法其飭身勵節者使與不肖之人雜而並進則夫懿德敏行之賢何以見焉此士人（一作取士）之甚弊而學者自以為患議者屢以為言朕慎於改更比令詳酌（一作朕於更改之令比詳酌焉）仍詔宰府加之參定皆以謂本學校以教之然後可求其行實先策論則辨理者得盡其說簡程式（一作試）則閎博者可見其材至於經術之家稍增新制兼行舊式以勉

中人其煩法細文一皆罷去明其賞罰俾各勸焉如此則待士之意周取人之道廣夫遇人以薄者不可責其厚今朕建學興善以尊子大夫之行而更制革弊以盡學者之材于於教育之方勤亦至矣有司其務嚴訓道精察舉以稱朕意學者其思進德脩業而無失其時凡所科條可以（一作爲）永制（一作式）

皇叔荆王元儼可贈徐兗二州牧追封燕王加天策上將軍制

勅朕負荷先業懼德不明實賴宗藩以屏王室令其亡也何痛如之故皇叔荆南淮南節度大使守太師

尚書令兼中書令行荆州揚州牧荆王先皇帝之弟而朕之諸父於屬為尊荆淮之鎮為重太師三公尚書中書令皆一品於官為崇於爵為貴而王皆享（一作兼）之克有令德貴而能去其驕富而能守以約名重天下聞于四夷自遘疾以來醫禱備至朕嘗臨省親為煮藥賜賚之物讓而不受話言猶在邈可想焉噫享年六十不謂不壽天之五福不曰不全而朕之所以悼嘆之至深者上遵先帝友于之仁而下示朕孝思之至也故詔有司擇位號之尤尊美者以追榮之而稱朕意焉夫名載冊書而不朽澤流子孫而

亡窮寵而有知膺我休命可特贈天策上將軍依舊荆南淮南節度大使守太師尚書令兼中書令行荆州牧仍加兖州徐州牧追封燕王

堂後官李元方可大理寺丞制

敕李元方丞相府天下政本也吾任於相者既重則爲之選吏也亦艱賞勞勸能皆有優典以爾給事玆久其勤益著慎不漏泄謹無過差用爾歲成俾丞卿寺勉圖後效無玷寵榮可

祠部員外郎直集賢院兩浙轉運按察使王琪可就轉刑部員外郎制

勑具官王琪以儒學立于朝而嘗好言天下之利今二浙之廣生齒衆而物產繁誠可以致汝之材幹予之蠱今有司申考績之舊文乃敘遷之常法爾其能使吾民不勞而邦用給足去吏之貪愚者毋害于州縣舉士之材能者不遺其寒俊厥效茍著信賞豈稽往其勉哉以率爾職可

國子博士陳淑祕書丞薛仲簡尹源太子中舍李隨大理評事朱壽昌磨勘改官制

勑國家考課之格敘進有常所以示為法之均平而防有司之輕重也及其弊也賢愚並進而功過不明

屬者命考舊文稍更新制不專累日以為限間須善舉而後遷夫選之艱則材者出賞之當則能者勸焉此予之意也今汝等雖以滿歲增秩而皆敏材可稱尚有爾知以應新法可

前光禄寺丞王簡言復舊官制

勑夫王者之有赦所以閔訓道之一無此字不純而愚民之陷焉者開其自新之路誘於改過之善而已然前世議者莫不以數赦為患得非人之無良以赦為幸者歟具官王簡言服于朝倫嚮以罪廢屢經肆眚宜與滌瑕夫過不可以貳赦不可以幸惟勉爾力以贖

前蓋可

登州黄縣尉五字一作主簿東方辛可密州司士參

軍制

敕具官東方辛朕以信示天下而以禄報有功今爾

辛緣死事而命于官然按察者糺失職而來有請按

察吾所詔也不從則不自信念功吾所急也不報則

無所勸焉是用易爾散秩優爾俸禄免爾吏責俾爾

自安庶幾使吾信賞並行而不失可

華州鄭縣尉程炎可泗同一作州録事參軍京

兆府興平縣尉吕定可鳳翔府左司理參軍

制

勑自兵興以来盜賊頗衆屢明信賞恩以勸能具官程炎等各以敏材試于一尉今有司上爾所獲應于賞格聊兹甄録以嘉勤勞夫量功而賞大小異宜勉爾自圖余無所愛可

大理評事張子庚可大理寺丞制

勑具官張子庚往臨邑政事一作近在王畿當夫賦役方繁而盜賊並起凡諸州縣之吏能不失職而免於咎者蓋亦鮮焉矣一作爾考績有司法當進秩能守厥職是亦可嘉遷爾鄉丞勉終縣治可

舒州推官呂選可大理寺丞制

勑具官呂選國家設官之法由保薦而遷者必試之縣政非惟質舉者之信否亦以慎臨民之選焉以爾久服官勤今由材舉往服新命將觀汝能可

殿中丞郭及大理寺丞魯有立太常寺太祝張昭度等磨勘改官制

勑具官郭及等朕患考績之不明而使無聞者累久而幸遷有善者混淆而莫別故申新法不專以日月敘秩而聞須保任之舉（一作任保之限）非以（一有節字）抑人之進而所以求能者焉汝等無謂今由積日而得次升尚勤

後圖以俟知者可

東頭供奉官桑逵可內殿崇班制先因過犯捨磨勘一年今及四年除授

勑具官桑逵國家命官之術必量功過之分計歲時之勤以爲陞黜法在有司其平不欺其信不渝以爾嚮因事累格其會課今日月及矣考績者以時來上還汝所當得者示我不汝忘焉可

環州石昌鎮熟戶牛家族巡檢奴訛男萬訛可本族都軍主制

勑萬訛世捍邊陲繼生材武能以威信服其部人今

爾父以疾而告休，俾爾承家而濟美。夫忠孝之節，不徒守其先業而已，亦以奮功名而圖富貴焉。可。

審官院令史馬登可遂州司户參軍充職制

勑馬登：百司丞史皆有入官之格，不惟賞其勞，所以勸能者而謹其無過也。惟勤與慎，可不勉焉！可。

西京左藏庫使内侍省内侍押班任守信可邊郡刺史依舊鄜延路駐泊兵馬鈐轄制

勑：國家自靈夏不賓，邊隅多警，議者率以謂用兵之道，任將宜專，恩信不久（一作明）則無以得士心，（一無此字）山川不習則不可圖勝算。頃（一無二字）自兵宿于野，久而無功此殆將帥數易之患也苟其能者無遽奪焉以具官任守信選以敏材臨于戎事肅軍捍寇宣力有聞遽以飛章自言滿歲顧久親於矢石豈不念於勤勞然而士卒之樂既汝安夷狄之情惟汝熟雖欲代汝實難其人所宜旌以郡章仍臨舊部體兹委寄服我茂恩可

開封府兵曹參軍謝曄可大理寺丞制

敕具官謝曄府掾之制凡再歲而無過失者皆得例遷蓋以京師大衆之會獄訟尤多能無過焉是亦材也今考爾歲月法當進秩夫官能有守卑者尤難事

之寔繁勤則克（一作惟勤則）濟勉服明訓往膺寵章可

虞部員外郎盧士宏（一作閎）太常博士王揆祠部員外郎祕閣校理張瓌丁憂服闋復舊官制

勑具官張瓌等夫孝子之於其親也無所不至焉生則養之以祿歿則榮之以名爾等自丁家艱克盡孝道天時屢變禮制以終勉思揚名無隳厥世可

比部員外郎趙宗古謝衍屯田員外郎李琪（一作祺）祕書丞劉元瑜殿中丞馬伸磨勘改官制

勑具官謝衍等自兵興以來天下重困盜賊並起獄訟繁多爲州縣者不亦勞乎夫飢寒者未能衣食而調斂者未能盡除惟處之有方則民不甚弊頼夫勤敏乃克濟爲爾等咸以吏材寄予民政録勞考課宜有茂恩可

前磁州録事一作司理參軍杜銭一作鍼可衛尉寺丞制

勑朕撫有萬國而官羣材不敢專用獨見之明而外詔㢋寮各舉其善具官杜銭舉者言爾材堪親民是用升汝司衛之丞而將用汝臨人於治詩云豈弟君

子民之父母蓋夫善爲政者能使其民愛之如此汝能以此親我民乎往膺進秩之榮無爲舉者之累可

前杭州司理參軍范衮可衛尉寺丞充堂後官制

勑朕觀兩漢名臣多或出於丞史小吏非夫丞史之能出名臣也乃知古雖吏屬亦必選用賢材焉一有況字今中書丞相之職比古公府曹掾之制吏員已爲簡關欲任其事豈不擇人故詔銓衡俾其慎選具官范衮有司來上以爾爲一作有材進爾諸丞往率乃職古人可慕無自怠焉可

將作監主簿程中行制

勑程中行夫廉耻道缺而貪冒成俗風化之薄久矣吾思有以勵焉故於致仕之制特示推恩之優厚廩給以家居官子孫而世及今爾父至服勞在官以老得謝宜兹懋賞以示寵榮汝尚勗哉無忘濟美可

祠部郎中沈周可開封府判官制

勑具官沈周夫刑獄以禁暴而訖獄足以爲姦法令以止亂而舞法反以滋害平民者政而賊政者吏也知政之術繩吏爲先況乎京師號稱繁劇凡治繁者貴（一作尚）乎不勞苟知其方在得於要擿姦急吏比非

覈歟以爾久列周行屢經任使通於政事俾佐浩穰告汝政弊之多端訓汝治煩之有術善思乃職無或廢官可

絳州防禦判官張鋭衛州軍事推官汲憑載可大理寺丞制

勑具官張鋭等以爾由學飭身試材于吏服勞既久薦者屢聞有邇臣之亟稱加所司之考實推恩進秩其慎若斯豈不勉哉無回汝守可

供備庫副使王道卿清一作臣可西京左藏庫副使制

朕觀春秋之際公侯卿大夫之譜至數十世而不絶

下逮世其禄爾惟克劭箸乃不隕焉近至于唐將相

之後能以勲名自繼其家者亦衆秉筆者記之號稱

衣冠盛事意古之大族多良子孫而今獨鮮耶抑惟

人之勉不勉爾惟汝大臣之子世爲名家豈不勵焉

無俾自墜有司積日兹乃敘進不次之賞能者得之

汝其勉哉無忽而怠可

前彰信軍節度判官褚式可太子中舍致仕

制

勑具官褚式昨按察者言爾事一無此字有迹而爾方以

老自（一無此字）請吾屈言者不究而進爾以秩全爾之歸吾之欲成人之美而不欲成人之惡如此汝其休矣知我之仁可

祠部員外郎崔嶧男庶可試祕書省校書郎

監（一作試）簿制

勑崔嶧男庶古稱不學者之於事譬夫立而面墻與其敗政而干官孰若勸教之明而養之有素也屬者故勑有司增定蔭補之格必由試藝乃得涖官夫不惟爲國造士是乃爲臣立家此予（其一作）詔也汝其勉之可

梓潼縣主簿宋文質可國子監丞致仕制

勑具官宋文質壯也服勞晚而登仕老能知止意亦可嘉吾有躋民仁壽之心爾其歸安田里之養可

駕部員外郎席夷甫可本官致仕制

勑具官席夷甫古者七十而得謝所以優其臣也不任以事而養之于家所以愛老也朕患廉耻之缺而尤嘉止足之人隆長老之恩而欲興孝弟之俗今爾之請朕所褒焉已詔有司録爾之子克安眉壽往服寵章

南劒州司理參軍李孝友責授吉州參軍制

勑具官李孝友不孝之罪國有常刑民愚無知犯者猶鮮況爾被儒服者誦習六經而背本忘親悖理傷化雖屢經赦宥法欲貸汝而汝之自視夫亦何顏宜屏遠方絕而不齒

江南　路提刑內殿承制柴貽慶可就轉禮賓副使制

勑具官柴貽慶傳曰夫刑者一成而不變又曰法者天下之至平庶獄之間其可不慎故於國制尤重邦刑擇彼監司必參文武所以藉其材敏而佐夫不逮者也惟爾克守其職能濟以勤有司質成法應敘進

故增榮秩無替前勞可

右侍禁樂天錫可率府率致仕制

勑具官樂天錫服勞茲久因疾得衰雖未及於引年嘉自能於知止俾進春宮之率以爲歸老之榮可

大理寺丞裴穆許恢授殿中丞著作佐郎程適授祕書丞制並磨勘改官

勑具官程適等國家治民之要其具素備惟奉法守職而免於有過者考其積日皆得敘遷茍有能稱豈無懋賞爾等寄予民政咸上歲成俾登于朝盖用常典若夫異績在爾勉焉可

皇姪仲伉贈官制

勑具官仲伉朕上憑宗社之靈克荷先帝之業思治天下以孝而親九族以仁今宗正言爾信安郡王之長孫也不幸早世而追榮之典尚未有稱朕聞于聽一作朕聞于意甚悼焉可

秦州推官董彝可太子中舍致仕制

勑具官董彝朕嚮遣韓琦行視邉鄙所以宣上恩而下逮撫下情而上通也今琦言爾有勤未録又疾自淹夫人之有勞吾豈不念事或一作有在遠患於不聞既披奏章宜示寵典可

劍州司理參軍董壽可大理寺丞制

敕具官董壽夫法者所以禁民爲非而使其遷善遠罪也然世之專於法者不患於不通而患於刻薄豈夫（一無此字）學者之弊歟今爾以學法入官而有能（二字一作德）被薦以（一作施）之臨事可不戒哉往服明恩宜慎汝習可

兵部郎中皇甫泌男偁可將作監主簿制

敕具官皇甫泌男偁梓潼去京三千里外而東蜀一都會也吾難其選知泌爲材而乃以家爲言請任其子俾榮初仕仍便其私庶乎泌無內顧之憂而得盡

心於事則汝之幹蠱可不勉哉可

東頭供奉官閤門祗候知勝關寨李守信可

就轉內殿崇班儀州寨主制

敕具官李守信西師之出累年而將帥之效未著凡爲吾扞城而乘障者不亦久（一有於字）勞乎迹其勤誠宜有陞進若夫異賞俟爾立功

和州防禦判官夏侯溥可太子中舍致仕制

敕具官夏侯溥古者王道之隆也使夫種樹畜養皆不失其時然後衣帛食肉而老者得以安之今夫致仕而歸者必增其榮秩而又廩給于其（一無此字）家者所

以慮夫田野[一作里]之間養老之具未備而有以優其終身焉爾其往哉服我新命可

都官員外郎知成州王嘉聞轉職方員外郎

殿中丞知晉州葛昌[一作商]轉國子博士某官

監洺州鹽酒稅李思恭轉駕部員外郎制[並磨勘改官]

勅具官王嘉聞等夫士之學古干祿而陳力從官者孰不欲自為材耶患乎勸之勵之[四字一作勸賞砥礪]無方而使賢能之不勉也[一無此字]此朕所以思革審官之法近增舉類之科爾等猶用舊文例當升秩其思率職無

懈厥勤俟予有聞以應新格可

東頭供奉官張德榮張行簡可率府率致仕

制

勑具官張行簡等陳力有年服勞匪怠止足之戒乃能自知終始之恩亦以示勸衛率之長東宮要官享兹榮名可以休老可

虞部員外郎呂師簡可比部員外郎制為招軍

勑具官呂師簡國家嚮因募兵特立賞格俾勸勤者速於集事而議者皆患應募之卒雖多而難用豈夫訓練之未至將由簡閱之不精然而號令重於已行

賞罰貴乎存信今有司按籍言爾當遷往服新恩其思實効可

悉剌族軍主嗟移可都軍主制爲功效

勑嗟移夫賊壘未平王師在野當吾聞鼓鼙思將帥之際是汝立功名取富貴之時而能率其部人力捍狂寇材武忠勇是皆可嘉爵秩階勳兹以爲寵猶有異賞爾其圖之可

東上閤門使普州刺史趙安期可右領軍衛大將軍致仕制

勑具官趙安期夫陳力就列不能者止而致仕之制

非爲止者而設乃古所以禮其卿大夫之美名也而今又有增官秩頒廩給之數於爾之止（一作爾之知止）豈不爲優爾其歸哉可以榮矣可

供備庫副使沿邊巡檢都監王守一可就轉西京左藏庫副使制

勅具官王守一臨于軍政邀彼塞垣訓齊甲兵謹備寇盜爾其勤（一作謹）職吾不忘勞適因奏課之來宜舉陟明之典可

貝州歷亭縣主簿周登可國子監丞致仕制

勅具官周登方剛而仕以疾思歸自陳不能可謂知

上有官以爲汝寵有俸以終汝身體予深仁（一作恩）膺此嘉命可

進納長馬空名誥詞

勑某人等國家以用師西鄙不欲加賦於人乃能出爾家貲佐吾邦用第其多少咸有（一作可）旌酬俾綴官聯以榮里閈可

潁州推官江揖可大理寺丞制

勑具官江揖朕思與多士共寧庶邦而賢豪材美之人或自沉於幽遠與夫懿節茂行之韞于中而未見於（一作于）事者吾皆不得而徧覩焉故以舉類之科而

爲官人之法令舉者言爾材行可稱命爾新恩以期
後効可

廣南西路轉運按察使金部員外郎周陵可
司勲員外郎就差充荆湖南路轉運按察使

制

勑具官周陵朕顧荆楚之俗雜於諸蠻而獷者州縣
之間不能綏輯與民生患曠日未平夫惟蠻貊一作夷
雖不通於禮義而剽輕之性惟信一作德可懷獷悍之
心以威則服思擇能者僉曰汝材至於察官吏之否
臧平賦輸一作税而移用廣西之最朕已嘉焉今其諭

我至仁曉茲異（一作暴）俗並伸威信以靜一方仍遷郎署之榮以增使車之重可

外制集卷第一

外制集序 聖賢相遭 遭一作逢

皇叔制王制 行荊州 此下脫牧字

陳淑等改官制 一本作國子博士通判澧州陳淑可虞部員外郎

柴貽慶制 貽慶一作貽憲

秦州推官董彝制 董彝 一作黃彝

趙安期制 可以 一作亦可以

王守一制 沿邊巡檢都監 六字上一有儀州二字

外制集卷第二　歐陽文忠公集八十

制五十首

內殿承制桑逵可左監門衛將軍致仕制

勑具官桑逵夫少也用其力老也優其秩在予推恩之意固亦仁矣於汝克終之善豈不美哉况爾方寘朝行又升環列歸安汝壽服此新命可

駕部員外郎致仕席夷甫男汝賢可將作監主簿制

勑具官席夷甫男汝賢夫力彊（一作壯）而仕老至而（一作則）休還其官政于君傳其家事於（一作于）子士之美（一作

盡行不亦榮哉在爾承之宜勤以孝惟善事父乃能事君可

內殿崇班柴貽坦可內殿承制制

敕具官柴貽坦自列朝班克（一作父）勤官次用有司之常典因滿歲以（一作之）當遷往服新恩益思後（一作克勤厥）效可

福州寧德縣令孫知古可太子中舍致仕制

敕具官孫知古禮於老者尚不責其筋力而況涖官行法非彊而敏者莫能焉士之老而還政者不惟示國之優恩（一作禮）亦自愛其身者得以遂其安（一無此字）養

也矧加寵命豈不榮哉可

前太常寺奉禮郎司馬旦前將作監主簿司馬光前祕書省校書郎黄元規丁憂服闋復舊官制

敕司馬旦等先王制禮之中不使賢者過而愚者不及故三年之喪謂之通制者人皆所共（一作人皆可以）行焉惟立身事君用顯親揚名之節則必賢者勉焉而可至（二字一作否可下至）此孝之大者也爾其思（一作勉）之可

比部員外郎知眉州馮平轉虞部員外郎太常博士知秀州嘉興縣胡昉轉祕書丞制（并

磨勘改官

勑具官馮平等朕頃因考績之文增以薦材之法夫累日月以敘進則患賢愚之不分因舉類而觀能則慮奔趨而以一作求譽知人選士其難若此惟材茂而一無此字業廣既久而自彰者不亦優哉爾宜惟一作不懈其勤以求諸己可

東頭供奉官鍾懷德可內殿崇班制

勑具官鍾懷德臨于莞榷頗服勤勞因茲會課之來宜舉敘遷之例升之朝序勉荷寵章可

東頭供奉官夏惟慶可內殿崇班制

勑具官夏惟慶爵禄王者所以厲世磨鈍之具非徒爲進者積日之資也（一作唯字）爾考績有司例當遷秩升于朝序可謂寵榮惟材與能在爾自力可

進納人空名誥海詞

勑某人等官者所以治人而非以假人之器也朕閔西人之勞而欲紓其乏有出其私以佐吾之用者是亦有益於吾民俾命于官所以示勸爾其往矣服我茂恩可

三班借職崔瑾可換縣尉制

勑具官崔瑾夫器人之材術者無施而（一無此字）不宜其

次用其所長而各盡其善今爾猷夫武吏之不足爲而思自擇以奮厥效從爾之請必有可觀可

太子中允通判秦州馮誥可太常丞制

勑具官馮誥西鄙用師久矣而未見成功然凡從事於兵間者微勞小善未嘗不録而稍爲久次已曰滯材夫材者必能集吾事賞者所以圖厥功吾無愛焉以觀汝效可

文學李長卿可長史制

勑具官李長卿文學長史皆無職事而有秩俸吾設科（一無此字）以待天下之士而官其才者其不中於有司

者猶禄其終身，吾於養士之仁至矣。汝其知之。可

著作佐郎張去惑可秘書丞制

勑具官張去惑：國家設官之法，患乎巧僞千譽者之難止，故考績之格，三載而一例遷，所以使沉實守正之人得以自進。及其弊也，庸人希累日之賞，而賢者不能自别，故又增舊法，稍欲因舉類而求能者焉。惟爾之材，世所稱美，夫累日而遷（一作進），非爾（一有所字）志于譽而進，不可爲（一有僞字）。惟思厥中，務廣其業。可

任若拙牛文渥等改官制

勑具官任若拙等：朕聞夫士有少而執經，老不及禄

者其勤可嘉不可以棄故皆登（一有官字）于仕以榮厥躬歲月久焉又增以秩吾之不忘于爾也厚矣往其勉哉可

殿中丞通判延州高良夫可國子博士制

勑具官高良夫邊鄙之事不徒衽金革而當矢石至於撫民人平政賦凡關決於兵（一作其）間者不亦勞乎惟爾之材久於其事今三載考績而例（一有當字）進秩乃為常典況爾有勞宜推茂恩以旌能吏可

前司門員外郎樂許國殿中丞路綸李仲宣丁憂服闋復舊官制

勑樂許國等夫生事而死祭苴麻哭泣之禮二十七月而後止孝子之服於其親也足矣奉其遺體立身揚名而施于有政孝子之忠於事君也吾欲觀爾之能焉勉膺新恩無怠其志可

內殿崇班劉顯可內殿承制制

勑具官劉顯以爾習知河事二十餘年既久而勤有勞可録宜增榮秩以示褒嘉無易其官（一作守）俾終厥效可

澤州推官李泰可大理寺丞制

勑具官李泰誦習之學患乎專固少通而難施於事

爾由學禮以登仕而蒞官行法能使薦者稱之爲材是亦可嘉宜推寵命可

大理寺丞知鉅野縣孟皆可太子中舍制

敕具官孟皆夫執經之士不徒誦其文而必知其義一縣之政有土與民用爾所通之經求其治人之術苟有善問一作譽豈無褒榮勉服新恩以率爾一作厥職可

陳曙李方改官制

敕具官陳曙等朕嚮以州縣之間偷盜不謹而官吏畏怯擒捕失時雖寘于刑以警不職而思得材武之

士旌其功伐以廣勸（一作勤）能爾於茲時以捷來上霈然推賞朕所樂焉服我新恩益勤後效可

駙馬都尉柴宗慶可贈中書令制

敕具官柴宗慶夫爵禄王者所以賞功懋德之器古之聰明材智之士處乎崇高猶或顛覆爾以名臣之家爲國近戚惟富與貴享茲兼美乃能守而不（一作弗）失克保厥終（一作終厥身）蓋朕思廣孝愛之心務推仁恩之厚而致也夫生而寵之以位則歿也不可不榮其終在乎朕心既所嗟閔考之國典則有彝章寵而有知賚此休命可

前觀察支使試大理司直張德熙懷州防禦判官試大理司直倪俊並可檢校水部員外郎制

敕具官張德熙等士之在乎（一作夫）下位其有所稱道者吾無不（二字一作乃）一擢其材而用之其積日累久而未聞於予者猶有兼試檢校階勳之次而敘升之所以念勞也況郊祀之禮慶賜所均宜有茂恩以彰寵典可

永興軍節度推官董士廉可著作佐郎制

敕具官董士廉（一有朕觀二字）自古奇偉之士因時立功而

名在竹帛者率皆不以細文常行責其備蓋於其大者人（二字一作以）有所不能而能者焉惟爾少而好奇不徇小節喜從兵事思奮其材今積久録（一作累）勞蓋從請者若夫異賞待爾有爲可

潭州録事參軍楊令聞可太子中舍致仕制

勑具官楊令聞嚮因疾病自請退休少有間焉復思從政今其決矣可以止哉俾升朝序之榮以爲歸老之美可

權保安軍判官王温恭可知延州延水縣制

勑具官王温恭自西鄙用兵而智謀材敏（一作勇）之士

奮然而爭出者非唯吾爵賞是利蓋士之負其能者亦欲因時而有立焉百里之縣有民與土課田而實軍備平政以懷邊（一作變）人亦足有爲將觀汝效可

平陽郡王允升第二十二女趙氏可某縣主

制

勑王者之以孝治天下也必先仁其九族然後刑于四海故具官允升女趙氏幼而淑美將及有行沐邑之封蓋稽舊典其勤女訓往宜汝（一作爾）家可

入内内侍省内東頭供奉官李允恭可内殿承制（一作崇班）制

勅具官李允恭昨者亡命之卒攻劫京西而吏不能捕煩吾出兵爾一有能字稱我使令克奮厥效錄勞第賞宜有及一作且及身馬升爾于朝往膺一作服寵命可

眞州推官陳則可大理寺丞制

勅具官陳則朕撫有萬邦以官多士而材能廉善之迹苟有聞于予聽者必一無二字皆進而用之而申以二字一作與申賞罰之文懼乎言者之不信今爾之善屢有以聞勉爾之勤克廣其業無使言者干予之罰可

內殿崇班郝質可內殿承制制

勅具官郝質夫被甲馳馬出而與敵周旋于原野搴

旗斬馘歸而與士卒數俘獲于軍中量功較計蒙褒

被寵進而受賞于朝廷此將帥之事也（一無此字）豈不榮

且樂（一無二字）哉戰之功有大小國之賞有重輕齊此茂

恩更期後效可

龍衛指揮使开賫拱聖指揮使胡元並可內

殿承制制

勑具官开賫等朕之勁兵銳將戍于邊者不可勝數

惟爾能以武勇出乎其間方吾思得猛士之時吾之

大臣以爾來上高爵厚祿爲爾等而設也往其勉矣

吾將觀汝（一作觀爾）之能可

殿中丞崔愈（一作嶧）可國子博士制

勑具官崔愈博士古經師之職也（一無此字）爾由明經登仕而居是官於爾之志豈不榮哉夫經者聖人之遺法也其臨民涖政治身之道備矣雖未能施之於國子其（一作幸）率而行于厥躬可

録事參軍張垂象登州文登縣令盖（一作孟）巨源並可太子中舍致仕制

勑具官張垂象等致仕士之（一無二字）克終之美節也故吏部之格吏賕無重輕（一作輕重）皆不得與乎（一作焉）斯命所以勸廉士而重乎歸老之榮也爾等爲吏二十餘

年而能獲還政之名以歸宜推襃恩以寵田里可

右侍禁田延昭可右内率府率制

勑具官田延昭爾之子況乃吾侍從之臣一作官既不得去吾而從汝而念汝之老思得來歸朕亦嘉汝世陷虜中能識忠義自拔歸國致子顯榮宜有嘉一作加襃以旌美節服兹休命慰子孝心可

三司前行胡敏可許州長史制

勑胡敏陳力治事積有歲年自知不能以疾而上俾列州佐以榮厥終可

前將作監主簿張盛丁憂服闋復舊官制

勑張盛爾幼未任事而已命于官蓋承其祖父之遺業長而宜思有立以顯其親惟學可以成人爾其勉而無怠可

大理寺丞王諤轉左賛善大夫賛善大夫王若谷轉殿中丞著作佐郎李望周輔並轉秘書丞制並磨勘改官

勑具官王若谷等庶官之在位者吾不能徧察其常行而一一有委之二字有司考第歲月以爲進退之法惟治之有聲者王字一作治之有遷善而有聲也吾未甞遺必有甄擢予聞無壅各勉所爲可

前漣水軍判官吳知幾可大理寺丞制

敕具官吳知幾士之飭躬勵行以勤厥官未有不知於人者知而薦之吾亦無所遺焉惟爾之能數有稱道有司較最於格當升勉膺新恩無廢其業可

供備庫副使郭承緒可西京左藏庫副使制

敕具官郭承緒夫善訓卒者少而愈精善用兵者寡可擊衆一障之守苟得其人推恩信以恱士心明教習以修武備扞城禦寇其任豈輕顧爾宣勞頗勤歲月今兹考績宜有一作被寵章爾其勉哉思奮厥效可

秦州觀察支使喬察可靜難軍節度推官知

隴城縣制

勑具官喬察夫吏之不能稱（一有其字）職者或謂數易使之（一作之使）然今爾嘗佐於（一作于）州就臨屬縣其上下政令之便否土風民俗之所安皆所習知可以爲治將觀汝績無替其勤可

吳守一改官制

勑具官吳守一夫文士之職有常守而循敘進之科至夫出類之材尚有不次之用況夫武吏有可以奮節立功之資而當兹用武之時其材易施其效易著歲月考課是爲常格膺兹新命其往勉哉可

沂州沂水縣主簿韓道可大理評事制

敕具官韓道自京以東比苦多盜而臨沂狂卒一歲再變汝以主簿領尉職而能力捕首惡上功第二凡真捕賊吏後時而無所獲與夫不獲而坐黜罰者豈不媿於汝哉夫事無不能惟不勉爾以褒以勸（一作其勸）宜有寵恩可

比部員外郎致仕張緯（一作倬）男允修可將作監主簿制

敕具官張緯男允修凡人之既老且病而見其子之得禄豈不榮哉爾宜（一作其）修身勵節入而思有以慰

（一作榮）其親出而思有以報於國可

杜惟序可西上閤門使福州刺史知涇州（一作四方館使涇原制　鈐轄兼知涇州制）

敕具官杜惟序西鄙用兵五六歲矣凡是中外文武之吏其材勇而可任者無不東在於（一無此字）予心苟思得人則擇而用惟爾久習戎事勤於邊素有能稱熟于朕聽涇原重地當賊之衝督視兵師兼撫其俗惟爾爲可往其勉哉佩茲新恩以觀厥效可

左藏庫使涇原鈐轄王從政可西上閤門使益州鈐轄制

勑具官王從政西蜀之人性本輕悍易搖以事動輒驚擾而禦寇扞城兵任尤重夫馭兵之法威主於肅令一則威明恩患乎私信著則恩浹使士卒和而武備謹則軍有善政民無姦心此惟材者能之而爾久習兵戎嘗委邊寄克堪（一作膺）益任往服訓詞可

大理寺丞王陶轉殿中丞大理寺丞郭佑賢王正已並轉太子中舍制（並磨勘改官）

勑具官王陶等州縣之政其文具矣吏之良者能舉（一作學）而行之足以爲治故夫奉法守職積勞歲月而無過者皆有進秩之資所以襃勸（一作勤）而勉夫不及

也今爾之課考於有司膺茲敘升慎守厥位可

試助教郭固可寧州軍事推官制

勑具官郭固自邊陲用兵而天下游談之士趍時蹈利者吾非不知其濫而未始息焉者蓋必有得於其間惟爾之能乃其素學夫學有實者詰之不窮而推之可用嘉汝施設精而有條處變適宜將觀汝用可

東頭供奉官李禹言（一作臣）可内殿崇班制

勑具官李禹言惟爾陳力效職三十餘年而後登于朝序雖命官進秩厥有常法而爾之積勞至此不亦勤哉（一作乎）夫得之惟艱守之不可不慎往膺明訓服

此寵章可

禮院副禮直官王永可益州司戶參軍充職制

勑王永太常所上禮皆祖宗之法朝廷之儀掌在有司爾所當習成書第賞及下不遺往膺新恩愼守而職可

太常寺太祝張觀一作覲可大理評事制

勑具官張觀有司上爾會課之書考其日時當得敘進夫有勞必録其信不渝惟勤與能不可不勉可

故國子博士李克明可贈度支員外郎制

勅國家務以孝治爲人子者欲有所申於其父母則其爲請不（一作豈）可不從故具官某有子德隆克嗣其世効官陳力當得敘遷而思以其榮報於罔極合於經之以顯父母之義朕甚嘉之䰟而有知膺此追命

可

外制集卷第二

唐故賢[illegible]張先[illegible]監生[illegible]兩可字下一本各有試字

鍾懷德制莞摧一作摧莞

與許國等復書判言綿本以司門爲司勳賑於其親也足矣作報於其親也足以

觀爾一作觀汝

孟簡制皆一作階

平陽郡王允升安[illegible]蓋稽一作蓋稽

郭固制慮變一作應變

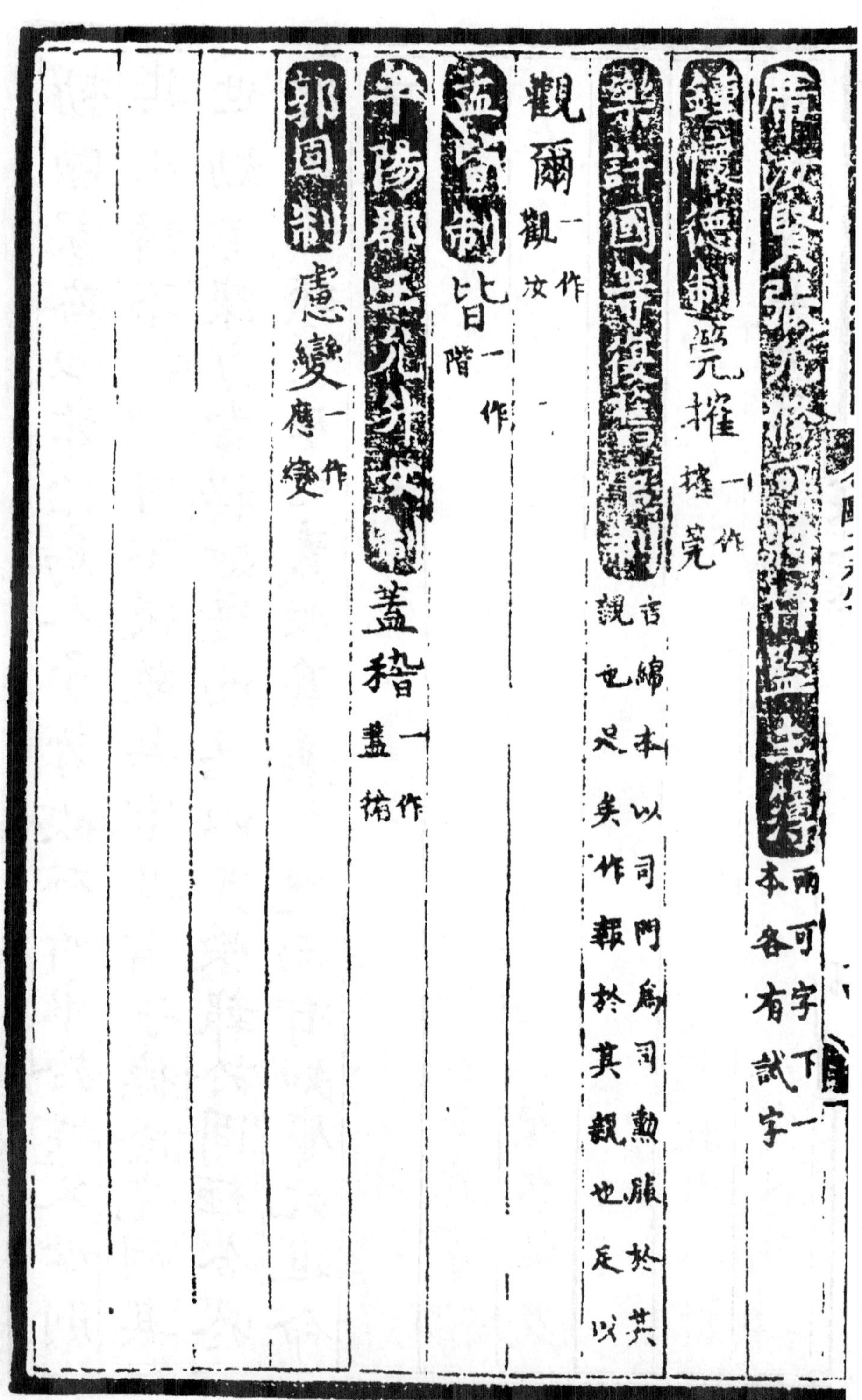

外制集卷第三　歐陽文忠公集八十一

制五十首

左班殿直李德隆母王氏可追封永安縣君

制

敕夫觀其子之孝可以知其父母之賢具官李德隆亡母永安縣君王氏生此孝子（一作是生此子）能守其家請以身官移於泉壤夫祿養於親有時而止榮名之及存不朽焉龜兮享之可以爲慰可

比部員外郎知綿州薛貽應轉駕部員外郎

虞部員外郎知博州薛綸轉司門員外郎祕

書丞知嘉州洪雅縣李述轉太常博士制並磨勘改官

勑具官薛貽應等吏之庸庸而無聞者吾所不取章章而特見者必擢一有而字用之若夫奉法循職守其官而無過者不亦吏之良哉念其勤勞豈可不録三年考績敘進有常往服新恩無渝爾守可

司門員外郎李公謹祕書丞充集賢校理楊儀殿中丞段高磨勘改官制

勑具官李公謹等夫令在必信法在必行今審官考課增以舉類之科乃吾示信之令而新行之法也汝

等敘進於比猶用常文其後當遷皆須應格勉勤其業以俟爾知可

范仲溫可台州黃巖縣尉制

勑具官范仲溫爾弟仲淹參吾大政方欲輔朕平賞罰推至公以脩紀綱而正庶位爾今所任有土與民惟過與功則有賞罰爾勤厥職可不戒哉可

東頭供奉官閤門祗候石宗尹可內殿崇班制

勑具官石宗尹陳力效官積有歲月會其課最來上有司按於舊文當得敘進升之朝列可謂寵榮往服

新章益勤後效可

著作佐郎盧華潘泳一作詠等磨勘改官制

勑具官盧華等州縣之職治有常法而遠方之俗風土異宜若夫上克奉於教條下不違於民欲惟勤與敏乃克濟焉爾等服職有勞會課來上膺茲敘進無廢官箴可

史館書直官潘宗益可梓州司户參軍制

勑具官潘宗益給事有年其勞可録宜命以秩俾旌厥勤凡爲有司惟久則習尚安乃職以慎克終可

角廝波男合羅角可本族軍主制

勑合羅角生禀勁勇之姿而濟以忠果之性屢陳厥效咸可旌褒俾升官榮以勸諸部勉圖功業無自失時可

軍事推官龔待問可桂州觀察推官制

勑具官龔待問捕盜之格有功者賞而吏能應書者少非吾有所愛焉苟有其勞豈不甄録今有司言爾於格當遷方兹多盜之時用勸不能之者一作吏可

進士劉絁可試將作監主簿制

勑劉絁自兵興累年而功效未立然游談之士以兵爲説而得禄者多矣吾猶意乎厥路尚狹而未足以

來特起之人，故甄收未始少懈。況爾屢經器使，而言者謂材宜有推恩以勸來者，可。

祕書丞竇隨可本官致仕制

勑具官竇隨：夫老而致其政於君者，士之懿節也。爾壯而登仕，困於數奇，今其老焉，可以歸矣。安而一作於眉壽，膺此美名，可。

邢州觀察支使張德熙可著作佐郎制

勑具官張德熙：士之在下位而能以聞于上者，不有言者乎？一失其言，則有常罰焉。知人而薦，豈爲易哉！今爾由舉者而被升擢，尚勤其業，無累爾知，可。

大理寺丞薛仲孺可太子右贊善大夫制

敕具官薛仲孺爾之伯父奎爲吾大臣參議國政剛直之節見於臨事歿而無嗣吾甚哀之爾幼以奎蔭而登仕籍今由累歲遂升于朝惟爾伯父之行有司考法易（一作謚）以一德不懈執心決斷之名可謂美矣守爾家法克勤厥官可

殿中丞王正民大理寺丞朱景陽陳侁等磨勘改官制

敕具官王正民等審官之法三歲一遷惟無過焉乃得會課爾等服於官政以涖吾民奉法守職積勞歲

月膺茲敘進此乃常科勉爾之為以期懋賞可

内殿崇班李允恭可内殿承制制

勑具官李允恭朕患州縣之吏不職者不能禦姦禁暴而憫吾民罹於賊盜一作盜賊故於捕盜之吏推賞尤厚非以為私蓋有為也今爾之請一作課自陳其勞方吾以賞行勸之時惟恐不及故加爾寵非徇爾私夫古有讓功不言之賢惟爾宜慕可

節度推官張紳可大理寺丞制

勑具官張紳朕閔夫兵興而費廣不忍加斂於吾民凡能佐國足用者皆思懋賞以勸其勤今薦爾者皆

曰爾材而吾近臣尤所取信故增汝秩不易厥官夫官惟業勤常患不以爾其自勉無替乃勞可

學士院孔目官遂州司戶參軍李懷德可特授[illegible]州陽信縣尉充學士院録事制

勑具官李懷德夫有司之事一作掌惟从則習次遷之例顧一作惟汝宜升無忘克勤慢則有罰可

虞部員外郎李備太子中舍侯克明大理寺丞曹一作唐琰等磨勘改官制

勑具官李備等國家外建庶位以官羣士而賞罰進退之法掌一作行於有司者所以待中材之無過者爾

高能異效吾有不次之用焉爾等咸服于官久勤歲
月以勞序進雖曰寵榮勉爾所爲以期懋賞可

彰武軍節度推官李仲昌可大理寺丞簽署
渭州判官公事制

勑具官李仲昌孳材之在下者思達其上難矣而在
上者思得可用之材豈爲易哉朕頃自擇能臣使舉
其類而洙以爾充薦今琦又以爲言琦洙皆能體吾
勞於擇士之心者舉爾不應不慎需然推寵吾所不
疑爾尚勉哉以稱茲舉可

故尚父汾陽王郭子儀孫元亨可永興軍助

教制

敕郭元亨繼絶世襃有功非惟推恩以及遠所以勸天下之爲臣者焉况爾先王名載舊史勳德之厚宜其流澤於無窮而其後裔不可以廢往服新命以榮厥家可

奉禮郎李景圭可大理評事制

敕具官李景圭九州四海風俗不同而王者之化無不及吾於遠者尤加意焉夫吏非敏於其事則不能通俗習而順其宜政一失焉下則重困邈兹南海爾涖吾民今會課上聞增爾榮秩克勤厥職以副予懷

可

故右驍衛大將軍致仕王元祐男知信可內

殿崇班制

敕具官王知信爾父元祐陳力事予告老以休位終環尹毀而餘慶尚及爾身爾嗣厥家苟能有立則始終寵榮（一作榮寵）視汝父爲惟孝與忠勉思兩得可

前楚州團練判官丁宗臣可著作佐郎制

敕具官丁宗臣庶官之在位者衆矣吾思一善之取而無失則惟舉類之法所得尤（一作宜）多今薦者交章言爾可取爾其自勉以稱吾思善之心焉可

左侍禁李從式孫清並可太子左清道率府
副率致仕制
勑具官孫清等壯而陳力老也告休古人所難有始
有卒爾能至此可謂克終尚有推恩以嘉爾節歸安
眉壽服此新榮可
權無爲軍判官劉皆洪州録事參軍張德元
並可太子中舍致仕制
勑具官劉皆等禮與法之爲書其於老者皆有優焉
今爾等學於禮法而能安其老思以歸休吾所嘉褒
宜推寵命可

國子監直講青州千乘縣主簿孫復可大理評事制

勑具官孫復昔聖人之作春秋也患乎空文之不足爲故信一作著之於行事以爲萬世之法然學而執其經者豈可徒誦其言哉惟爾復行足以爲人師學足以明人性不徒誦其說而必欲施於事吾將見吾國子蔚然而有成宜有嘉襃以爲學者之寵可

太子中舍孫礪李國慶並可殿中丞制

勑具官孫礪等六經皆載治民之術而法者爲吏一無此字之資也汝等學之用以從政經之道廣矣擇其宜

於民者法之文察矣取其平而不害者足以涖爾官而成厥績焉膺茲敘遷勉用爾學可

秘書丞黄正殷中丞盧咸並可太常博士制

勑具官黄正等自兵興（一作興兵）以來調度日廣其能勤征榷以佐經費而均漕運使不滯以通諸用者皆方今之急務其爲勞力宜有勸焉因茲歲成寵爾榮秩可

原州彭陽縣令郝嗣宗可某州推官制

勑具官郝嗣宗吏三歲而一易其法久矣然議者莫不以屢易爲患苟有能者吾豈奪焉爾（一作汝）於彭陽

數有稱者就增其秩無易其居勉爾所爲以俟成績可

供備庫副使張禮一可西京左藏庫副使制

勑具官張禮一考課之法計過與功皆有常文得以敘進此所以待夫中材而勉其不及者也苟能有立吾必興之爾其往哉思所自效可

杜諮轉官制

勑具官杜諮吏部之格吏之升降遠邇勞逸之均皆有法焉不可以亂今衍以爾爲請（一作今以爾爲大臣所薦）吾既重違大臣之言而顧有司之法苟不甚戾則吾豈不

從無專爾私其率厥職可

柴宗慶第三女可封郡君制

勑某人相與將人臣之極也爾父常兼享其位而連戚里其於存殁宜有寵焉況其生也貴而殁也無嗣續之裔此吾尤所憫焉加一作䟽爾郡封此非常典所以申吾不忘爾父之意可

洛苑使英州團練使內侍省內侍右班副都知藍元用可眉州防禦使罷副都知制

勑具官藍元用爾之事予陳力茲久既明而敏能濟以勤慎審一心不見過失屢更器任實東予懷屢拔

奏章陳疾自請願解要職以恩便安惟爾之舊予所嘉惟爾有勞予所録雖可爾請豈無加（一作嘉）襃服兹寵榮勉爾（一作惟）後效可

西頭供奉官閤門祗候綦恩可内殿承制制

敕具官綦恩用兵久矣而將吏能以材武稱於軍中者豈不多哉苟有聞焉無不用也況如世衞吾所信者今其稱爾吾豈不然夫信以出令仁以撫人（一作之）勇以臨戰而嚴以一衆必皆出於智而後成功雖大將不過此也爾其勉之（一作哉）可

達州司户參軍吳沖可奉寧軍節度推官制

勑具官吳沖嚮者盜起州縣久而未捕議者皆曰素備不謹賞罰不明所以盜滋而吏怠今考爾所獲嘉爾之能第賞推恩予無所愛一作愛矣凡謹備者爾則勉之當使怠吏由爾而勸可

內殿崇班程逸可左監門衛將軍致仕制

勑具官程逸將軍之職居則宿衛天子出則征伐四方此武人之重也今假爾茲寵以為歸老之榮者以爾服勞既久能克厥終而不忘爾勤之意也其往欽哉可

懷州防禦判官倪俊可著作佐郎制

敕具官倪俊凡官人之法莫不期於得材而或失之於有遺或失之於太濫故有司之守厥有常文苟能應書皆可選擢（擢一作擇）可使中材之並進不濫而無遺此吾所以慎於擇材之意也爾膺（一作之）茲舉其不勉哉可

大理寺丞宋緬孫周蘇逢等磨勘改官制

敕具官宋緬等庶官之守位者衆予欲（一有其字）百職並舉而人各趨之則於考功敘進之科厥有常法使夫自勉者無不得焉蓋所以示勸而及衆也今考爾歲績法當遷秩爾無以爲例得其體（一作思）予勸功進善

之心以勉爾職其無懈可

盧守勤致士制

勑具官盧守勤少也陳其力病而養其衰非惟安生樂壽人之所欲而朝廷待勞能之臣厚始終之意考之典禮亦有彝章爾之事予既勤且久今其病矣可以息焉尚有恩榮以爲爾寵夫勞無不報旣享爵祿之豐身孰與親宜專輔養之理可

曹元賓轉官制

勑具官曹元賓夫用兵之法不可先言則爲將之材亦難先見國家用兵久矣求之行陣堪將者少夫士

有素蘊之材未得達者比降明詔廣其詢求而方平等以汝爲言吾將觀汝之能試汝以事俾升朝序往自勉焉可

司理參軍杜彭壽可大理寺丞制

勑具官杜彭壽士有潔身以廉而服官以勤者長吏皆得薦論有司加之考閱用而進秩俾以臨民雖曰常科豈不慎選汝膺兹命其往勉哉可

户曹參軍尹植可某官致仕制

勑具官尹植惟爾陳力二十餘年以老而歸朕豈不憫升之朝序榮以宮僚往其休哉安爾眉壽可

開封府開封縣主簿孫量可保大軍節度掌書記制

敕具官孫量用兵之法不欲久惟能使調斂發輸不勞而民有餘力則可以制敵二字一作久而有待於必勝西師之出久矣不惟將帥之選爲重其州縣臨民之吏能不乏民之力而佐吾之軍者亦難其人今爾既薦者皆曰材而臨涇乃爾自請往膺新命將試汝能可

內殿崇班韓守允可左監門衛將軍致仕制

敕具官韓守允自兵興于邊天下多事吏强有力者

猶不能稱厥職而況於老者乎夫老者吾所優也豈宜强其力之所不逮徃從爾請以安爾私尚有茂恩以爲爾寵可

泰州興化縣主簿朱思道可衛尉寺丞制

勑具官朱思道夫廉爲吏之一節也今保薦之法惟以受財爲同坐則待夫能吏豈盡其材爾其奮厥所長思有所立不獨守夫一節而已焉可

溪洞楊先贇可權知古城州制

勑楊先贇世號材勇雄于一州威能服其部人忠能奉其職貢宜加寵秩以紹厥家徃服恩章（一作榮）無忘

報效可

京西轉運按察使虞部員外郎杜杞可刑部員外郎直集賢院充廣西轉運使制

勑具官杜杞自一隅用兵而調發輸役之繁無遠不及況廣東西之路於東南尤為遠者而吏多不良吾之疲民既有賦歛之勞而今又罹盜賊之患吾一慮及為之惻然凡與吾憂國者豈遑暇於安居哉汝為吾往其一作安可憚勞吾又嘉汝名臣之後好學博文一作聞尚有榮名以為汝寵凡吾寄汝之事繫汝之材吾惟責成一作惟責厥成爾可自勉可

內殿承制孟均可千牛衛將軍制

勑具官孟均諸衛之置將軍唐之盛時兵官之重者也衛兵之制廢久矣其官雖存而世不知其重也自頃西北用師講求武事而議者多言唐之府兵可復朕方思之而爾能有請朕甚嘉焉爾其往哉吾將有用可

殿中丞史吉亨王珣瑜著作佐郎蘇黃中等磨勘改官制

勑具官史吉亨等夫官者所以盡人之材也至乎材之難得則姑以歲月常法積勞而敘遷誠亦冀有異

材之善出於其間，非止於此而已也。爾等各膺例進，宜自勉旃。可

蘄州廣濟縣令充國子監直講邵必可大理寺丞制

勑具官邵必：夫學所以爲治也，而儒者以記誦爲專，多或不通於世務，但能傳古之説，而不足施之於事，使愚者益固（一作昧）而不明，而材者聽之而怠（一作殆），以爲儒迂不足學。故教人之法，必該於古今，以博其識而成其業焉。惟爾之學，能明當世之事，而屢形議論，朕甚嘉焉。爾其守節礪行，以率諸生，而取古之有以

宜于今者而養成之則功利廣矣可不勉哉可

外制拾遺

孫復可秘書省校書郎國子監直講制

朕勤治體喜賢俊嘗慮四方遺逸之善有不吾聞者間屬近列屢騰薦章以爾孫復深經術茂德行躬耕田畝以給歲時東州士人皆師尊一作隸之吾命汝校文於書省講藝於胄序不由鄉舉不俟科選汝姑直屏雜說純道粹經使搢紳子弟聞仁義忠孝之樂此吾所以待汝意往欽哉可

周陵荆湖轉運使制

勑具官周陵朕思欲寛民賦役而衣食給足天下之飢寒而惠州縣之吏不能稱職其老疾闇懦而縱其下與夫貪暴而自爲殘者皆所以蠹於物而重困吾民者也然按察之司視而不舉反（一作乃）務較錙銖毫末之遺利而欲足用舒民豈不失其術而且勞者哉今荆湖之南十一州一監三十有一縣吏貪不爲不多矣爾其察其不良者而舉其賢者使州縣得良吏未有民富而用不足者廣西之最知汝爲材今其往哉無替朕命可

皇弟安靜軍節度使允迪可責授右監門衞

大將軍制

勑皇弟具官允迪五刑之屬三千其罪莫大於不孝小民無知犯者猶鮮況爾燕恭肅王之子而朕之諸弟也宜率訓義以迪四方而乃忘苴麻哭泣之哀爲酣飲沉酗之佚肆情鄙行害于而家達於朕聽嗟惋無已朕苟貸法何以處王公之上而教天下哉宜歸爵秩下領屯衛蓋寬於駁過而欲循省其非無蹈後悔也可

楊畋屯田員外郎直史館制

勑尚書省二十四司散郎皆當今要官況分直史館

提太史筆蓋位之高者非材資甚美安可以兼此授
以爾東染院使湖南鈐轄楊畋出自將家有文武器
幹早由辭科歷任郡縣至提按之職嚮以羣蠻繹騷
湖嶺未靖故特命以使名往專討輯逮兹二歲谿洞
帖然而勤勞積時重遰生疾瀝懇來上願還朝行予
既嘉爾作事不怠以集疹于厥躬又重煩爾以軍旅
之役宜改田曹之號且以表年為業尚能有以益於
國家則執干戈書簡牘其義一也可

司勳郎中張從革可衛尉少卿制

勑洛宅朕之西都而居之未皇暇也然有司百職莫

不具焉其留務之多閑在憲司之尤簡最爲清峻可以優賢具官某久服官勞頗彰吏最老于郎署分領西臺用乎考績之文俾列命卿之貴仕而至此是亦爲榮可

殿中丞府司録李虞卿可國子博士制

勑具官某司録爲府曹首民閥閲增減吏詞按曲直皆繫焉前涖此者或苛悍或懦軟率不免缺折之患惟爾慎不踰節廉不撓人吾用嘉之俾增秩于庠列爾其惟祗惟畏以茂對我朝家休命可

大名府推官徐佁可著作佐郎制

勑某朝廷置磨勘之法必以考限用人者使詳試吏能而後進也則仕者由銓調改京秩乃榮階之始固非輕授以爾進士登第歷佐大幕所知論薦是用進擢爾惟自勉以副恩命可

平陽縣尉林術可試祕校知永州祁陽縣事

制

勑具官某南方之吏不能爲吾以恩信撫兹谿蠻而使毒吾民於攻劫爾甞被甲操矢而逐之則蠻之害民也深民之瘡痍者衆所宜自見焉今録汝之勞命汝以縣勉勤其政以撫吾人可

大理寺丞彭通程濬可殿中丞某人可贊善

制

勑具官某等仲尼有云言寡尤行寡悔祿在其中矣今有司大比羣吏之治不待悉最課而後遷也但不處于尤悔斯遷矣某等或贊治遠藩或長人大邑奉法循職克無累疵銓（一作的）考歲成用應陟典肴省儲坊俾通朝守盡勤官業以對恩榮可

奏舉人杭州觀察推官呂遘可大理寺丞制

勑具官某夫士之處世如錐在囊中其鋒立見爾以選吏爲藩府賓佐凡薦爾材者自識等十有二人是

必脫穎而出其輩者矣不然何言者之多也擢爾卿屬試爾治民無謂寵利之可圖因違道以干譽其思行義以自立務求己而爲人服此訓辭則無疵吝可

軍事推官王野民可大理寺丞制

勑具官王野民自兵興用之而能不取民以佐有司之急者利入之法尤多非勤且敏者則莫能焉不惟干賞者趨之蓋亦適時之用也爾職酒利厥課屢聞所宜褒陞以勸怠者可

録事參軍張一作王師民可大理寺丞制

勑具官某方今官人之法由舉善而遷者必試之以

臨民而觀其從政自兵興以來吾民可謂勞矣惟吏之良者能爲吾休息之今爾被舉曰材亟遷其秩將觀汝政其不勉哉可

閤文寶供備副使監亳州茶鹽稅制

勑具官某國家因山澤之饒興筦榷之利以足邦用實須幹臣爾其絶侵牟謹出入使歲課增羨而績效著明敘進之榮兹洒常典疇勞之賞尚有優恩可

滕公輔衛州推官制

勑具官滕公輔堂洎昷之皆朕侍從之臣而外當寄任之重交章來上薦爾爲材以有可觀以稱公舉宜

從其請以察爾能往其勉哉無廢爾職可

藍田縣主簿權充府學教授[illegible]可華州蒲城主簿就差管句永興府學制

勑具官某古之教學之法肄習以時而難易先後教之有方非久而安之則不能以成其業今學者言爾講說訓導可以為師吾欲觀汝之道至于有成故假爾大邑之佐使祿足以充然後安然克終其業可不勉哉可

外制序云所作纔一百五十餘篇今儔本分三卷通科舉條法議僅百五十篇而京閩吉綿諸本乃多十五篇以仁宗實録考之慶曆二年十一月孫復除校書直講公尚倅滑四年正月周陵移湖南轉運公所草制已載第一卷除授同而詞異五年二月允迪責環衛皇祐元年三月楊畋换官有史館皆在公去朝之後張從革李虞卿徐冶林衎程濬王野民張師民閻文寶滕公輔及永興府學教授十人難盡稽考吕遘轉寺丞制見張方平集公既自云一百五十餘篇則其間或出公手亦未可

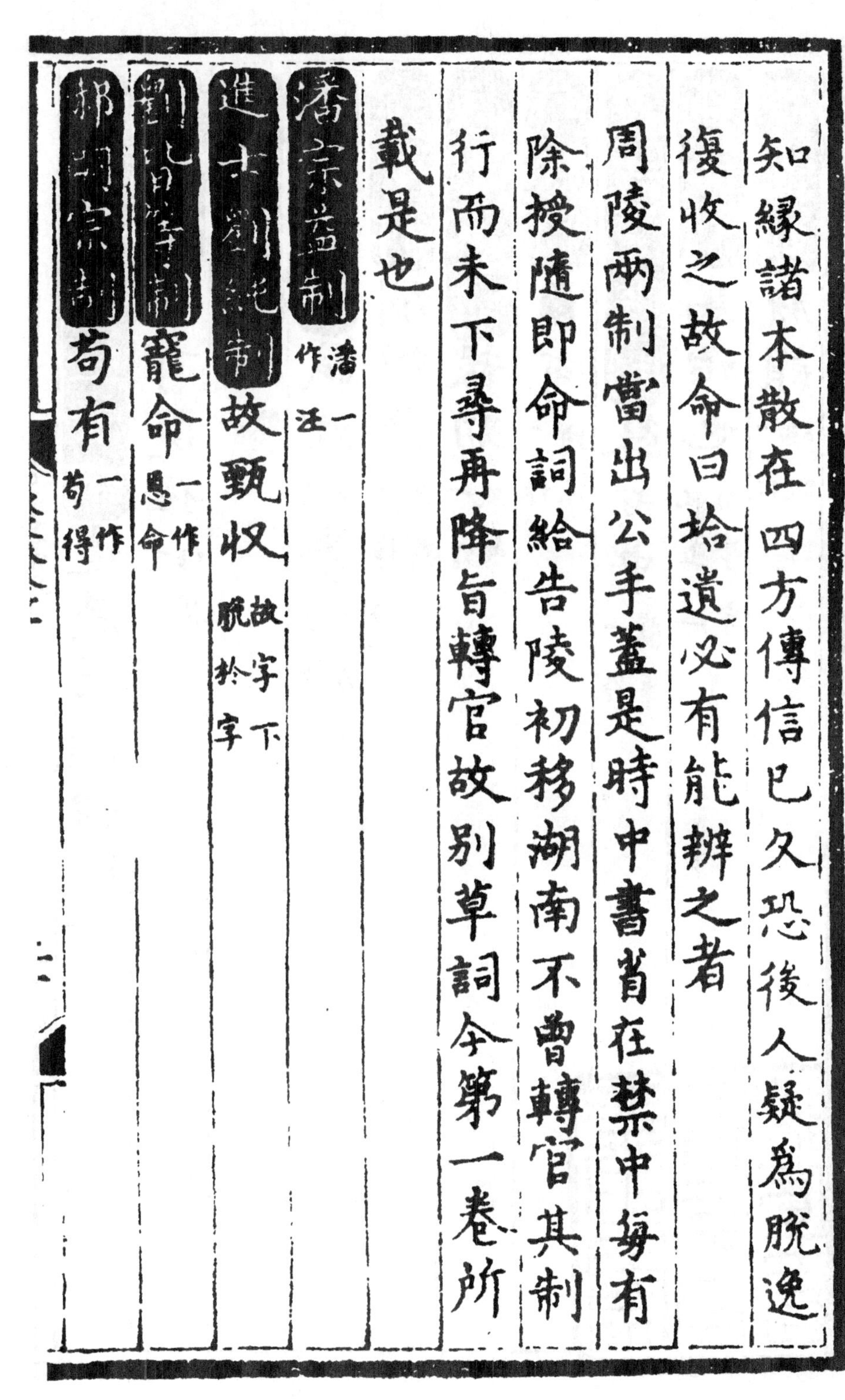

知縁諸本散在四方傳信已久恐後人疑爲脱逸復收之故命曰拾遺必有能辨之者

周陵兩制當出公手蓋是時中書省在禁中每有除授隨即命詞給告陵初移湖南不曾轉官其制行而未下尋再降旨轉官故別草詞今第一卷所載是也

潘宗益制 潘一作汪

進士劉紀制 故甄收 故字下脱拾字

劉昭等制 寵命 一作恩命

郝明宗制 苟有 一作苟得

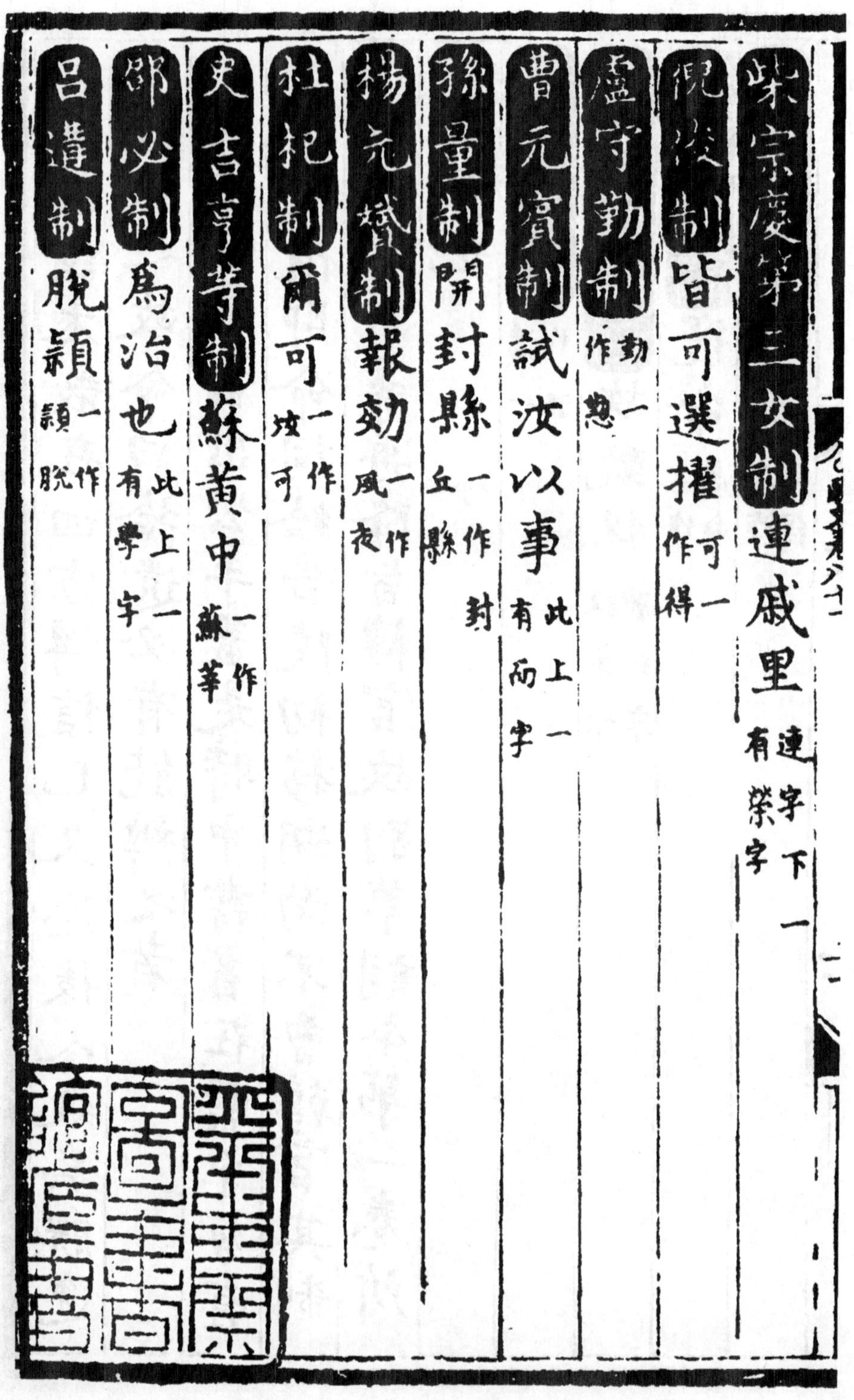

柴宗慶第三女制連戚里連字下一有榮字

倪浚制皆可選擢可一作得

盧守勤制勤一作懃

曹元賓制試汝以事此上一有而字

孫量制開封縣一作封丘縣

楊元璣制報効一作夙夜

杜杞制爾可一作汝可

史吉亨等制蘇黄中蘇一作蘇華

邵必制爲治也此上一有學字

吕遘制脱穎一作穎脱

內制集序

昔錢思公嘗以謂朝廷之官雖宰相之重皆可雜以它才處之惟翰林學士非文章不可思公自言為此語頗取怒於達官然亦自負以為至論今學士所作文書多矣至於青詞齋文必用老子浮圖之說祈禳祕祝往往近於家人里巷之事而制詔取便於宣讀常拘以世俗所謂四六之文其類多如此然則果可謂之文章者歟余在翰林六年中間進拜二三大臣皆適不當直而天下無事四夷和好兵革不用凡朝廷之文所以指麾號令訓戒約束自非因事無以發

明矣余中年早衰意思零落以非工之作又無所遇以發焉其屑屑應用拘牽常格卑弱不振宜可羞也然今文士尤以翰林爲榮選余既罷職院吏取余直草以日次之得四百餘篇因不忍弃況其上自朝廷内及宫禁下暨蠻夷海外事無不載而時政記日曆與起居郎舍人有所畧而不記未必不有取於斯焉嗚呼余且老矣方買田淮潁之間若夫涼竹簟之暑風曝茅簷之冬日睡餘支枕念昔平生仕宦出處顧瞻玉堂如在天上因覽遺稾見其所載職官名氏以較其人盛衰先後孰在孰亡足以知榮寵爲虚名而

資談笑之一噱也亦因以誇於田夫野老而已嘉祐六年秋八月二日廬陵歐陽脩序

内制集卷第一　歐陽文忠公集八十二

太祖皇帝忌辰道場齋文 九月八日

維至和元年歲次甲午九月辛酉朔十九日己卯皇帝遣入内内侍省内侍殿頭勾當太平興國寺開先殿劉立言請僧三七人於太平興國寺開先殿開啓太祖皇帝忌辰道場一月日伏以受命開先肇基興運昭祖功而丕顯綿寶祚於無疆用深追遠之誠式奉明齋之薦載嚴爭刹以集善因伏願覺力常資威靈如在延鴻宗祏集慶眇沖庶邦咸被於餘休品物共均於博施謹言

太祖皇帝忌辰道場功德疏右語九月八日

右伏以當天開運，聿隆創始之功；繼統承休，方罄奉先之孝。爰戒徽音之日，用資作善之祥。嚴法會於金園，啓靈文於貝葉（一作牒）。伏願超登妙果，高證真乘。瞻不動以常存，祐無疆而永固。下均氓庶，咸獲乂寧。

賜宰臣陳執中生日禮物口宣九月八日

有敕：卿爲時柱石，秉國鈞衡。爰逢慶育之辰，宜有便蕃之錫。豈惟故事，式示眷懷。今差卿男將作監丞世儒賜卿生日禮物，想宜知悉。

班荆館賜契丹國信使副赴闕御筵口宣九

月八日

卿等載持信節方止都圻特申式宴之儀以示勞勤之意用推寵數當體至懷

撫問梓州路臣寮口宣九月十七日

卿汝等並韞器能遠膺寄任式戒嚴秋之序載懷勤事之勞宜示撫存以彰眷厚

班荆館賜契丹國信使副却回御筵口宣九月十七日

卿等聘儀成禮歸馭戒塗念茲夙駕之勤宜有祖行之寵式陳衎樂以示宴私

班荆館賜契丹國信使副却回酒果口宣同日

卿等信節爰馳示隣歡之永固使軺云復申飲餞以爲榮宜有匪頒以彰眷遇

賜隴州團練使代州部署田辛等勑書九月十四日

勑田辛省所進奉謝恩賜公使月俸馬一疋事具悉邊防有嚴寄任尤重嘉汝材武董吾兵師軍聲俾壯於威容寵數宜優於廪賜遽陳貢謝益認傾輸尚體眷懷勿忘自效故兹示諭想宜知悉秋冷汝比好否

遣書指不多及

雄州白溝驛賜契丹人使却回御筵兼傳宣撫問口宣九月二十日

卿等言持信節式戒歸塗念兹衝涉之勤宜有撫存之意仍頒宴餞以示眷懷

賜翰林學士尚書工部郎中知制誥王洙奬諭詔九月十四日

勑王洙省監護使劉沆劄子奏繳連到少府監修製法物所狀修製温成皇后一行法物勘會例各鮮明及減省得物料功限甚多事少府領五署之衆工乃

九卿之舊職卿以儒學參吾侍從兼涖其事能勤厥官俾夫功簡而速成物精而有法益彰材敏尤用歎嘉故茲奬諭想宜知悉

皇帝本命兗州會真宮等處開啓道場青詞

九月二十日

維至和元年歲次甲午十月辛卯朔二十日庚戌嗣天子臣某謹遣某人開啓本命靈寶道場三晝夜罷散日設醮一座謹上啓太上開天執符御歷含真體道玉皇大天帝寶祚無疆蒼穹垂祐吉日式臨於元命醮科爰舉於舊章薦誠愨以惟精延聖真而並集

仰希靈貺敷錫眇沖四時叶序於和平品彙均休於
康泰無任懇禱之至謹詞
建隆觀開啓追薦温成皇后道場青詞九月
二十五日
伏以蒼圜降鑒列象緯以昭垂蠲潔備陳薦馨香而
上達載嚴仙宇恭按科儀眷内則之遺芳冀高真之
冥祐仰祈陰貺永助靈遊
福康公主宅修築地基祭告太歲已下祝文
九月二十七日
維至和元年歲次甲午十月辛卯朔七日丁酉皇帝

遣宮苑使滎州防禦使内侍省内侍右班副都知任守忠致祭于太歲土地諸神禮崇下嫁詩美宜家惟築館之有初方涓辰而叶吉冀百靈之來護期不日以斯成尚饗

雄州白溝驛撫問契丹賀正人使兼賜御筵口宣九月二十七日

卿等載馳（一作持）瑞節爰及疆亭顧惟夙駕之勤宜有示慈之宴用彰寵待當體眷懷

賜新除參知政事程戡讓恩命不允斷來章批答十月十二日

省表具之朕有欲治之心而甚勞思底治之方而未獲夙夜于此惟賢是求卿出入宣勤材望兼著誠明發於事業識慮可以詢謀而召自外邦叅于宰府朕志所定其何可移夫任之重者憂實深遇之隆者報亦厚讓而後受雖敦難進而可嘉知無不爲其一乃心而圖效所讓宜不允仍斷來章

賜寧遠軍節度使張茂實進謝恩馬一無四字詔

十月二十日

勑茂實省所進奉謝恩賜公使并月俸及牌印到任馬共八疋事具悉卿出守藩宣宜優禄給詔條方布

受署有初印綬爲榮古人所重載披貢謝深用歎嘉故兹詔示想宜知悉

賜新授龍神衛四廂都指揮使英州團練使

郝質敕書十月二十日

敕郝質省所進奉謝恩授龍神衛四廂都指揮使英州團練使并賜公使月俸馬共二疋事具悉朕嘉汝有忠勇之材遂膺選擢豐汝以廩賜之厚實示眷懷貢奉所陳勤誠已著功名可勉後效其思故兹示諭想宜知悉

賜尚書工部侍郎余靖詔十月二十日

蠢爾蠻蜒驚于海隅卿起自家居首宣勤力至於大兵之後撫彼凋殘餘孽未平推吾恩信寄任實深於委遇寵章宜有於便蕃遽閱貢輸良增嘉歎

撫問江南東西路臣寮口宣十月二十三日

卿汝等並以材賢一作賢材出分寄任荐更歲月備著勞能宜示撫存以彰眷遇

撫問鄜延路臣寮口宣十月二十六日

卿汝等並膺柬寄綽著才猷顧邊圉之肅然嘉王事之勤止屬兹寒沍宜示撫存

雄州撫問契丹賀正旦兩蕃人使口宣十一

月九日

卿等夙將瑞節方戍疆亭奉隣聘以申歡慶歲端之資始載惟跋履宜示撫存

景福殿庫開啓冬節道場齋文十一月十二日

伏以國財豐衍資民力以為先禁宇深嚴邇天居而甚邃式戒一陽之候俾修衆善之因誦貝葉（一作牒）之遺文集金園之淨侶庶延梵福用副精衷

軍器庫開啓冬節道場齋文十一月十二日

伏以儲戎器以戒不虞敢忘武備肇新陽而集多福爰届令辰俾法侶之精虔修勝因之妙善仰瞻毫相

載繹真文冀昭鑒之甫回契偃兵之盛際

舒州霊仙觀開啓上元節道場青詞十一月

十五日

伏以萬物熈春肇新陽於首歲三元紀序標令節於

真經爰即靈場俾遵科式薦雖陳於菲薄誠已達於

精明伏願穹旻垂休紫清降鑒邦家錫慶永叶於泰

寧民物遂生並臻於和樂

恩州賜契丹皇太后賀正旦人使茶藥口宣

同日

卿等載飭軺車方凝寒律乃顧道塗之役深嘉跋履

之勞宜有頒宣式彰眷遇

恩州賜契丹皇帝賀正旦人使茶藥口宣 同日

卿等繼修邦好來及王春方凝凜之在辰念勤劬而將事聊頒飲劑式助宣調

皇帝本命兖州會真宮等處開啓道場青詞

十一月二十一日

伏以荷三靈之乃眷獲奉寳圖隆萬壽於無疆遐資道蔭爰薦精衷之禱及茲元命之辰伏願誠潔上通真靈甫鑒如松之茂永固於延長一物雖微並均於

貺施

醴泉觀真君殿開啓年交道場青詞十一月二十四日

伏以元氣均調，運三正而並用；歲功肇序，謹五始之惟初。爰敞福庭，一作廬。恭陳淨醮。伏冀精衷上達，靈鑒甫回。却凝陰伏沴之餘，順和氣發生之造。旁霑庶物，並集多休。豈惟眇沖，膺此純嘏。

添修開先殿祭告土地祝文十一月二十七日

伏以神遊所格，祕寢有嚴。役事時興，方勤於締葺；后一作神。祇安靜，頗懼於震驚。菲薦式陳，明靈昭鑒。

恩州賜契丹皇太后賀正旦大使茶藥詔 十

一月十五日

勑卿夙將信幣來慶王春載惟涉履之勤方示眷懷之意錫兹良物以輔至和今差入内内侍省内侍殿頭張昭化往恩州賜卿茶藥具如别録至可領也故兹詔示想宜知悉冬寒卿比平安好遣書指不多及

恩州賜契丹皇太后賀正旦副使茶藥詔 十

一月十五日

卿輶車載飭方講於隣歡歳序將回式凝於寒律載懷衝涉宜有頒宣

恩州賜契丹皇帝賀正旦大使茶藥詔十一月十五日

卿修南北之歡會期於首歲勤夙宵之役方及於半塗彌切眷懷宜加寵錫

恩州賜契丹皇帝賀正旦副使茶藥詔十一月十五日

卿使介選才以達欣歡之意道塗將命宜伸慰勞之恩式示頒宣俾茲調護

兖州會真宮等處開啓上元節青詞十二月十五日

伏以萬物資生肇新於陽門三元紀節式按於仙經爰款殊庭恭陳淨醮薦精誠而交感企真馭以来臨冀集靈休下均羣品

二十四日就驛賜契丹賀正旦人使銀鈔鑼唾盂盂子錦被褥口宣十二月十五日

卿等繼講隣歡會期元日載嘉勤敏涉此凝嚴用示須宣俾彰眷待

正月一日入賀畢就驛賜酒果口宣十二月二十五日

卿等方捉聘車即安賓舘屬此春陽之煦宜多宴衎

之懽寵錫有加眷懷增厚

今月三十日賜契丹賀正旦人使內中酒果口宣十二月二十五日

卿等式修邦聘来會春朝方休道路之勤宜有宴私之惠聊頒甘實以侑清罇

正月三日就驛賜契丹賀正旦人使內中酒果口宣十二月二十五日

卿等聘儀交舉欣入見於彤墀籩品有加俾示慈於宴席用伸頒賚宜體便蕃

賜契丹人使春幡春盤法酒口宣十二月二

十五日

卿等並驅使傳來及王正初陽式應於新春令節俾修於故事宜加頒賚用示眷懷

內中福寧殿開啓三長月祝聖壽道場青詞

伏以真遊飇欻祕殿邃嚴惟首月之正時叶新陽而布慶俾陳法供仰薦明誠伏冀敷祐眇躬保千齡而永固躋民壽域均萬國以同休

萬壽觀齋殿內權奉安真宗皇帝御容祝文

十二月二十五日

伏以齋室潔嚴睟容清穆涓辰叶吉具禮有儀冀真

馭之妥安符孝心之虔奉

東太一宫開啓祝聖壽年交金籙道場啓詞

十二月十日

伏以積陰窮候始發於三陽庶物更（一作交）新宜均於百福是陳法供載肅嚴祠延真馭以來臨冀明靈之洞鑒眇沖集佑期萬壽之無疆遐邇同休俾兆民之咸賴

班荆館賜契丹賀正旦人使到關酒果口宣

卿等夙戒輶軒脩信好顧凝嚴之在候宜宴錫以申恩須以甘新彰予眷遇

班荆館賜契丹賀正旦兩番人使到闕御筵

口宣

卿等載馳隣聘來及歲元深惟道路之勤方戒郊圻之近特頒宴勞以示眷懷

春帖子詞二十首十二月二十九日

皇帝閤六首

其一

萌牙資暖律養育本仁心顧彼蒼生意安知帝力深

其二

陽進升君子陰消退小人聖君南面治布政一作教法

新春

其三

氣候三陽始勾萌萬物新雷聲初發號天下已知春

其四

玉琯氣來灰已動東郊風至曉先迎乾坤有信如符契草木無知但發生

其五

朝雲藹藹弄春暉萬木欣欣暖尚微造化未嘗私一物各隨妍醜自芳菲

其六

熙熙人物樂春臺風送春從天上來玉輦經年不遊

幸上林花好莫爭開

皇后閤五首

其一

御水冰銷緑宫梅雪壓香新年賀交一作泰白日漸

舒長

其二

藹藹珠簾日溶溶碧瓦煙漪漣采荇水和暖浴蠶天

其三

初欣絲勝迎春早已覺雞人報漏遲風色結寒猶料

峭天光煦物已融怡

其四

鸎寒未報宮花發風暖還催臘雪銷欲識春來自何處先從天上斗回杓

其五

三辰明潤璇璣運四氣均調玉燭光共喜新年獻椒酒惟將萬壽祝君王

温成皇后閤四首

其一

璅（一作鏁）窻珠戶曖生煙不覺新春換故年衆卉爭妍

競時態却尋遺跡獨依然

其二

寶奩香歇掩鉛華舊閣春歸老監嗟畫棟重来當日驚玉欄猶發去年花

其三

椒壁輕寒轉曉暉珠簾不動暖風微可憐春色来依舊惟有餘香散不歸

其四

内助從来上所嘉新春不忍見新花君王念舊憐遺族常使無權保厥家

夫人閤五首

其一

太史頒時令農家候土牛青林自花發黄屋為民憂

其二

元會千官集新春萬物同測圭知日永占歲喜時豐

其三

黄金未變千絲柳白日初遲百刻香聖主本無聲色

惑宫花不用妬新粧

其四

微風池沼輕漸漾旭日樓臺瑞藹(一作靄)浮四海懽聲

歌帝澤萬家春色滿皇州

其五

玉殿籤聲玉漏催綵花金勝巧先裁宿雲容與朝暉

麗共喜春隨曙色來

萬壽觀告遷真宗皇帝御容祝文

伏以宗廟之禮是爲典彝衣冠以遊實有故事載嚴

寶構以奉威靈涓吉日以有初虔真馭之斯格

萬壽觀造温成皇后相儀祝文十二月二十

九日

式營叢構俾俟靈遊顧落成之有初惟筮日而斯吉

冀兹往宅庶以即安

皇帝回谢契丹皇帝书

九月日兄大宋皇帝致书于弟大契丹聪文圣武英略神功睿哲仁孝皇帝阙下使轺云止惠问见贻且承累岁而来荐有西师之举讨其不服初烦剪伐之谋全以旧恩终示含容之度庆武戈之遂息分军获以为仪言谕斯勤欣铭併集方凝寒律冀保冲襟企咏之诚指陈奚既续遣使人咨谢次令忠正军节度使检校太尉同中书门下平章事萧德等回专奉书陈谢不宣白

皇帝回謝契丹皇太后書

九月日姪大宋皇帝謹致書于嬸大契丹儀天體道至仁廣德慈順章聖皇太后闕下隣邦敦睦結信好以彌深使聘申歡承諭言而甚厚固壽齡之遐福欣帖泰之休期加侑幣以惟豐積感悰而增切秋商在候嗇履惟和今忠正軍節度使檢校太尉同中書門下平章事蕭德等回專奉書陳謝不宣謹白

內制集卷第一

内制序取怒（怒一作怒）

至和元年九月皇帝本命青詞

寶祚（此上一有伏以二字）

溫成閣春帖子

故年（一作舊年）老監（一作阿監）

內制集卷第二　　歐陽文忠公集八十三

景靈宮奉真殿看經堂開啓真宗皇帝忌辰黄籙道場青詞正月十一日

伏以崇妙道於清虚，實惟先志；感時恩於雨露，式表孝心。按金籙之真科，即琳宫之福地。薦兹精潔，庶以感通。冀善應之無方，期永資於沖蔭。

景靈宫廣孝殿看經堂開啓章懿皇后忌辰黄籙道場青詞正月十一日

伏以坤儀永閟，昭厚德於無疆；欒館載嚴，奉真遊而如在。式臨遠諱，用感孝思。薦時品之惟新，啓齋場而

增齋仰祈歆鑒永集祥禔

慈孝寺開啓真宗皇帝忌辰資薦道場齋文

正月十一日

伏以僊馭乘雲，式臨於遠日；春陽濡露，載感於孝思。爰即梵居，俾延淨侶，瞻玉毫之妙相，啓貝葉之真文。集此勝因，仰資冥祐。

集英殿開啓真宗皇帝忌辰道場齋文 正月十一日

伏以神遊斯遠，方仰於軒儀；諱日兹臨，載深於舜慕。虔依正覺，俾集善因，敞禁殿以有嚴，啓法筵而夙設。

仰祈冥助用慰孝思

内中福寧殿罷散三長月道場青詞正月十七日

伏以首春紀序，標令月以惟時；善氣宣和，紛百祥而來集。載嚴祕殿，恭按真科。依妙道之沖虚，薦清（一作精）衷之蠲潔。冀迎純祐，均被羣倫。

撫問真定府定州等路臣寮口宣正月二十二日

卿等並韞時才，出分邊寄。屬新陽之戒候，念宣力以惟勞。特示撫存，體兹眷遇。

撫問保州路臣寮口宣 正月二十一日

卿汝等夙臨邊圉盡瘁公家當春序之方和念朔陲之尚凜俾茲撫慰式示眷懷

撫問北京并恩州臣寮口宣 正月二十二日

卿汝等並膺東寄方布教條惟夙夜之宣勤在眷懷而彌切特加存撫宜體優隆

雄州撫問契丹賀乾元節人使口宣 二月二十三日

卿等並持使節叶講隣歡飭車馭以載勞及疆亭而茲喜一作始俾伸慰撫式示眷懷

贈保順軍節度使張惟吉祭文堂祭二月二十六日

維至和二年歲次乙未三月己未朔皇帝遣入内内侍省内西頭供奉官勾當延福宫康爲政致祭于贈保順軍節度使張惟吉之靈惟靈忠勤之節克保於有終存殁之恩備隆於異數仍加祖奠式表哀榮尚享

贈保順軍節度使張惟吉祭文墳所二月二十六日

惟靈佐佑宣力始終不渝載嘉遺忠實用追惻奠爾臨壙塊其有知

賜契丹賀正旦人使却回班荆館酒果口宣

十二月二十九日

卿等並持信節繼講隣歡既夙駕以言歸俾及郊而留餞宜伸寵錫用示眷懷

賜鎮安軍節度使同中書門下平章事判陳州程琳進奉乾元節詔三月十五日

誕祥著節延祝申誠顧予同德之臣首列充庭之貢式彰勤藎深用歎嘉

賜外任臣寮進奉乾元節銀絹馬等詔同敕書

三月十五日

夏時正候誕節戒辰惟事君之盡忠因效貢而申祝

嘉乃勤意勿忘于懷

賜樞密使河陽三城節度使同中書門下平章事王德用生日禮物口宣三月二十五日

卿勳閥名家樞機重任式因誕日用示優恩宜體眷懷膺茲蕃錫

廣聖宫開啓乾元節青詞三月二十五日

伏以月旅正陽當百嘉之茂盛祥標誕節期萬壽之穹隆式案舊章載嚴祕殿延紫霄之飛馭誦玉笈之靈篇伏冀誠懇上通聖真垂佑錫之多福均動植之幽微永以無疆並乾坤而悠久

撫問河東路沿邊臣寮夏藥口宣三月二十五日

卿汝等並膺寄任，深柬器能，顧隆暑之惟時，念禦邊之宣力，俾分珍劑，式示眷懷。

撫問麟府路一無路字臣寮及并代州路臣寮口宣三月十五日

卿汝等蔚有時才，並分邊寄，顧緼隆之在候，嘉勤瘁以不忘，式示撫存，體兹柬注。

撫問宣徽南院使彰信軍節度使判真定府李昭亮口宣四月六日

卿宣勞邊鄙頗歷歲時因乃子之言行俾過家而賜
問式彰寵眷以耀私門
錫慶院賜宰臣已下罷乾元節道場酒果口
宣
卿等任國鈞軸為予股肱因誕節之届辰嚴梵宫而
申祝載嘉忠藎宜示寵頒
端午帖子詞二十首三月二十五日
皇帝閣六首
其一
天清槐露浥歲熟麥風凉五日標嘉節千齡獻壽觴

其二

午位星杓正人間令節同四時和玉燭萬物被薰風

其三

舜舞来遐俗堯仁浹九區五兵消以德何用赤靈符

其四

楚國因讒逐屈原終身無復入君門願因角黍詢遺俗可鑒前王惑巧言

其五

嘉辰共喜沐蘭湯毒沴何須採艾禳但得皋夔調鼎鼐自然災祲變休祥

其六

炎暉流爍蕙風薰草木蕃滋德澤均畜藥蠲痾雖故事使民無疾乃深仁

皇后閤五首

其一

畫扇催迎暑靈符喜辟邪風光麗宮禁時節重仙家

其二

椒塗承茂渥嬪壼範柔儀更以親蠶繭紉爲續命絲

其三

霞㮣午陰黃鳥囀烘簾曉日絳榴繁六宮絲縷爭新

巧共續千齡奉至尊

其四

紫蘭漸漸光風轉綠葉陰陰禁苑涼天子萬機多暇日喜逢嘉節奉瑶觴

其五

五色雙絲獻女功多因荆楚記遺風聖君照物同天鑒不用江心百鍊銅

温成皇后閣四首

其一

密葉花成子新巢鷰引鶵君心多感舊誰獻辟兵符

其二

旭日映簾生沆暉，槿艷明紅顔易零落，何異此花榮。

其三

綠縷誰云能續命，玉奩空自鎖遺香，白頭舊監悲時節，珠閣無人夏日長。

其四

依依節物舊年光，人去花開益可傷，聖主聰明無色惑，不須西國返魂香。

夫人閣五首

其一

梅黄初過雨麥實已登秋避暑多佳賞皇歡奉（一作奏）豫遊

其二

鳴蜩驚早夏鬬草及良辰共薦菖華（一作蒲）酒君王壽萬春

其三

楚俗傳筒黍江人喜競舡深宫亦行樂綵索續長年

其四

凉生王宇來風細日永金徒報漏稀皎潔冰壺清水殿三千爭捧赭黄衣

其五

仙盤冷泛銀河露紈扇香摇緑蕙風禁掖自應無暑氣瑶臺金闕水精宫

賜右屯衛大將軍叔韶奬諭勑書（四月十二日）

勑叔韶省所進祝聖壽歌日月元樞論共二軸事具悉朕固嘉汝嚮學勵善蔚然而有文與夫習富貴之驕而樂狗馬之翫者異矣然夫學者所以知君臣父子之禮出可以施於國入可以施於家汝其慎擇厥師講救其闕使言而無過以自遠於悔尤夫能異於衆人誠為有立必至乎君子然後大成汝其勉之無

或中止故茲獎諭想宜知悉

十九日契丹賀乾元節人使朝辭訖就驛賜

酒果口宣四月十二日

卿等夙持隣聘申慶誕辰嘉成禮之有儀在眷懷而

增厚宜須優賚式示寵章

集禧觀凝祥池崇禧殿就上清宫功德前開

啓保夏祝聖壽金籙道場密詞五月十八日

伏以道本無爲功施萬物福惟善應信若四時當茂

育之届辰薦精明而交感載嚴珍館恭按仙科伏願

飈欻來臨清真垂祐保壽齡之永錫均動植以咸休

賜判大名府賈昌朝判陳州程琳判成德軍李昭亮等進奉上壽金酒器一副馬六疋詔

五月二十三日

載誕及辰萬邦咸慶顧乃藩宣之重實惟耆哲之明休有物容来陳壽祝嘉乃誠意不忘于懷

兖州會真宮等處開啓皇帝本命道場青詞

伏以三辰昭運六甲馴行當薫風阜育之時屬正命本元之日謹遵科式上薦誠明誦琳蘂之真文延紫清之諸聖伏冀蒼靈降鑒福嘏駢臻蒙休匪止於眇躬博施咸均於庶品

除皇弟允初特授依前檢校尚書右僕射充感德軍節度使加食邑食實封餘如故制五月二十八日

門下爵賞當功則爲善之勸廣名器不假則至公之道存然而隆恩睦親所以厚乎風俗建侯作屏所以扞乎一作捍我王家非余敢私乃國舊典具官允初質性純茂禀乎天姿學問發明一作聞由於師訓維我叔父時爲賢王緬懷遺烈之存屬乃克家之善自被藩宣之寄久叅朝請之聯宜從留務之繁進委臨戎之重節旄並建井賦兼增僉謀克諧寵數惟渥於戲干戈

衛社内有宣勤夙夜之臣甲冑在躬外有奮力行伍之將爾其念宴安之懷毒知富貴之難居戒損於滿而罔敢自驕勞身以謙而克保其位無忘朂勵往服恩榮可特授依前檢校尚書右僕射使持節耀州諸軍事耀州刺史兼御史大夫充感德軍節度使耀州管内觀察處置等使仍加食邑七百户食實封二百户散官勳封如故主者施行

賜鎮海軍節度使檢校太尉同中書門下平章事判亳州陳執中讓恩命第二表不允仍斷来章批答至和二年六月十八日

卿自再司鈞軸，未久歲時，迺者數上封章，願還印綬。朕惟委任之際，古今所難，知之不盡，如不知；用之不終，如不用。所以悉格羣議，獨斷余衷，非惟勉爾以胡恤人言，亦庶幾乎任賢勿貳之意也。而卿（一無卿字）避讓之節，再三益堅。事有重違，理當俯徇。夫進退以禮，豈惟優大臣；堂陛俱隆，蓋以尊人主。是用寵爾以節旄之寄，兼之以槐鼎之榮。雖爲新恩，實爾舊物。出入中外，載嘉夙夜之勤；待遇始終，當盡君臣之分。無煩封執，用體眷懷。所讓宜不允，仍斷來章。

賜新除宰臣富弼赴闕茶藥口宣（至和二年六月十八日）

卿祗若新恩式趨近甸炎歊方鬱衡冒良勤宜有頒宣用伸眷遇

賜新除宣徽北院使檢校太保判并州王拱辰讓恩命不允仍斷來章批答（至和二年六月十八日）

省表具之宣導徽猷號為近職鎮撫方面實惟難才余思其人於爾為得至於儒學雍容於顧問勤勞出入於劇繁考資望以孰先在甄陞而惟允辭讓之節誠雖可嘉詢謀既同命則無易所讓宜不允仍斷來章

賜新除宣徽南院使檢校太保判延州吳育

讓恩命不允仍斷來章批答至和二年七月十七日

省表具之卿學足以治人知足以謀事夙有間望稱于搢紳惟時舊人常歷二府一使二字一作宣徽之職夫復何讓若乃居則道古先之訓講朕以六經出則重朝廷之威撫余之遠俗才無不可用之文武而皆宜忠無不爲任以内外而何異余考於衆僉惟汝諧所讓宜不允仍斷來章

賜新除昭德軍節度使知鄆州龐籍赴闕生料口宣至和二年七月二十一日

卿言秉覲圭甫臨畿甸屬此新商之序載嘉執轡之

勤宜有頒宣以彰寵待

賜新除昭德軍節度使知鄆州龐籍赴闕茶藥詔同日

敕龐籍擁節之藩飭車來覲顧都圻之甫及嘉跋履之斯勞特頒飲劑之良以示眷懷之厚

醴泉觀本觀三門上梁文至和二年七月一十一日

兒郎偉我國家膺三靈之眷命革五代之荒屯多壘削平包干戈而偃武四夷面内解辮索以承風逮先聖之撫臨躋羣生於富壽乃欲追羲軒以並軌歘云亭而勒成容典交修遂舉曠古難行之禮瑞應來集

有非人力可致之祥卿雲矞露之光紛綸而雜委朱草靈芝之秀焜燿而叢生爰有神泉湧茲福地甘如飲醴美可蠲痾湛靈液以淵渟敞琳宮而崛起歲時遊豫順民俗之樂康棟宇翼嚴表京師之壯麗近以有司不謹飛焰延災皇上愛物推仁因民所利顧遺基之巋爾回聖慮以惻然爰飭良工載新有作損其土木之費所以寬民適其奢儉之中俾之可久用消吉日構此脩梁盍効歡謳形于善祝

兒郎偉拋梁東危構岧嶤彩露中欲識聖君仁及物靈源一勺本無窮

兒郎偉拋梁西金碧相輝俯仰迷萬瓦寒光浮瑞露層簷晚景掛晴蜺

兒郎偉拋梁南善利深功（一作功深）不可談但喜斯民無疾癘誰知靈液有餘甘

兒郎偉拋梁北觀者如雲來九陌四方萬國會京師有類衆星環斗極

兒郎偉拋梁上棟宇規摹摽大壯落成行即慶良辰望幸何時來綵仗

兒郎偉拋梁下祈福為民崇廣夏四時和氣致休祥萬國多歡洽朝野

伏願上梁以後三辰順軌百穀豐登卉服雕題咸被垂衣之化行歌戴白永為擊壤之氓皇帝萬歲皇帝萬歲皇帝萬萬歲

賜新除宰臣文彦博讓恩命第二表不允仍斷來章批答至和一年七月二十八日

省表具之朕躬儉約以先人而生民未足勤憂勞以勵政而百職多隳豈布德之不明抑任人之弗至是以齋居正慮先志後占鑒屢易以為煩念難知之可慎永惟商周之所記至以夢卜而求賢孰若用搢紳之公言從中外之人望卿以舊哲比嘗相予惟宇量

能寬以服人，惟純誠故久而益信，勳德兼著，可以重朝廷，忠信不回，可以臨大事。夫謀於其始而既審，則果於必用而不疑。汝其欽哉！朕命無易，所讓宜不允，仍斷來章。

賜新除宰臣富弼讓恩命第二表不允仍斷來章批答（至和二年七月二十八日）

省表具之。卿有憂國愛君之心，而忠以忘其已；有經邦濟時之學，而用未究其能。夫畜久而積厚，則施之不窮；慮深而計熟，則謀無不獲。茲朕所以虛心仄席有望於卿也。矧卿正直不回，庸邪素忌，小人所異，君

子所同是以在外十年而左右之譽不及履躬一德而搢紳之望愈隆朕内决於心外詢于衆敢謂有得卿其可辭所讓宜不允仍斷來章

南京鴻慶宮開啓皇帝本命道場青詞八月一日

伏以紫清垂祐資道妙之沖虛甲乙馴行會天辰於元本款别都之福地舉淨醮之真科薦以潔精通乎肸蠁伏願衆靈昭鑒百福來臻隆萬壽於無疆溥群生而咸遂

撫問真定府高陽關河東等路臣寮口宣八

月六日

卿汝等出分邊寄備罄材謀載嘉宣力之勞屬此爽秋之候宜加撫慰俾示眷懷

撫問邠寧環慶涇原鎮戎軍德順軍路臣寮口宣八月八日

卿汝等各蘊材猷並膺寄任屬商秋之在候念障圉之爲勞宜有恩言用彰眷待

後苑華景亭開啓故秦晉國夫人林氏追薦道場齋文

伏以淑懿之賢已賁追榮之典陰幽之助仍資衆善

之因爰即華林載陳法供冀慈仁之廣被均勝利於無窮乘此妙緣超升福果

後苑華景亭開啓安土地道場齋文 八月二十二日

伏以后皇安靜稟厚德以無疆靈貺冥符惟至誠而有（一作定）感載嚴淨侶夙按梵儀冀祓滌於百邪俾妥安於厥品

爲秦晉國永壽聖祐夫人林氏身亡於壽星觀修設九幽道場青詞

生而有盡是謂於物常道本無形實資於冥助庶依

仙宇載肅淨場追懿德之已遥遥冀明靈之垂祐薦兹勤潔庶達精誠一無此八字

故秦晉國夫人祭文路祭八月二十二日

惟靈蔚有令儀著于茂則顧追褒之寵數已極恩榮念永閟於佳城載深惻怛列兹奠禮用慰營魂

故秦晉國夫人祭文夜排勅祭八月二十三日

惟靈懿德惟舊嘉問克彰奄然淪逝惻爾追感侑以禮奠庶乎來歆

荆南府紫府觀并潭州南嶽真君觀開啓皇帝本命道場青詞八月二十六日

伏以道非常名無方而善應誠之所至有感而必通惟南服之奧區敞清真之靖館因本元之吉日備科式之多儀延集衆靈仰祈沖鑒冀咸臻於百福期永囿於千齡

廣聖宫開啓祝聖壽道場青詞八月二十六日

伏以百工休力標禮典以順時衆善延祥紀道家之吉月恭陳祕館式按常科瑤席瓊罇夙陳於芳潔芝華羽葆紛集於真靈伏願錫祉耿躬隆壽齡於無極遂生庶品臻隱伏以咸均

論獎諭叔韶奏

臣伏準中書劄子下本院爲右屯衛大將軍叔韶進
倪聖壽歌日月玄樞論奉聖旨令學士院降勅書獎
諭竊以叔韶宗室之子好學修辭誠可嘉獎然臣伏
見玄字自來公私文字悉皆諱避其叔韶所進日月
玄樞論欲暫降付本院略更詳其文理庶於詔辭襃
勸之間因而得以訓勵令取進止　四月　日學士
臣歐陽某劄子

貼黃

所有獎諭勅書未敢修撰乞早降指揮

內批

其元樞論名以犯諱字因而諷諭使後來所譔益精
其文字更不付外只如此降詔施行

右至和二年四月奏審叔韶獎諭勑書奏劄後有内批三十四字今真本尚存其勑書在内制第二卷而無此奏按蘇文忠内制集如乞勿免文呂拜禮乞許安樞密辭轉官之類皆以元奏與詔書並載故用此例附卷末

内制集卷第二

除皇弟允初制 作屛一作樹屛

賜吳贇讓恩命不允批答 常歷常當作嘗

醴泉觀上梁文 裔露裔疑作蔏

廣聖宮祝聖壽青詞 恭陳一作恭臨

内制集卷第三　　歐陽文忠公集八十四

河南府平陽洞河陽濟瀆北海水府投送龍簡青詞八月十六日

伏以九區至賾，萬物類居，惟川嶽之宅靈，繫真仙而總治。載稽道祕，實有舊章，粲然玉簡之清文，蜿若金鱗之瑞質。茲爲鎮信，輔以精誠。伏冀沖鑒昭臨，純祺錫羡，保邦家之永固，均動植以蒙休。

雄州開啓北朝皇帝盡七道場齋文八月二十六日

伏爲以一作北朝皇帝世結隣歡，歲交聘問，方睦敦隆

之好遼闊訃告之音深極哀懷用伸資薦廣梵筵而斯啓陳法供以惟嚴冀仰助於仙遊庶永孚於冥祐

班荆館賜北朝告哀人使御筵口宣 八月二十六日

卿載馳使介來訃國哀當節物之凜秋嘉道塗之良苦宜頒燕犒以示眷勤

班荆館賜契丹告哀人使酒果口宣 八月二十六日

卿載馳國訃來及都城顧惟跋履之勞宜有頒宣之寵俾推珍錫式示眷懷

故秦晉國夫人林氏祭文堂祭八月二十六日

維靈歸全叶禮卜吉有期念將閟於幽扃俾載陳於

祖奠歆茲芳潔尚體追懷

故秦晉國夫人祭文墳祭八月二十六日

惟靈壽考有終勞能可録安茲宅兆備有物容載申

奠訣之恩式盡追榮之美

内中福寧殿罷散三長月祝聖壽道場青詞

八月三十日

伏以清霜肅候資萬物以將成嘉月齋心延百祥而

並集有嚴秘殿來格衆靈冀真鑒之妙沖答精衷之

蠲潔保鴻圖而緜固均庶品以阜康

契丹告哀人使回至北京賜御筵口宣九月四日

卿遠將國命來告訃音當使傳之言旋俾宴霈之加錫用申眷勞式示寵恩

契丹告哀人使回至雄州賜御筵兼傳宣撫問口宣九月四日

卿遠馳國訃旋飭使軺載嘉復命之勤爰錫示慈之宴式彰寵數宜體至懷

賜鎮海軍節度使檢校太尉同中書門下平

章事判亳州陳執中生日禮物口宣九月四日

卿榮擁節旄出臨藩翰屬茲誕日宜有寵頒當體眷懷克膺茂數

太平興國寺開先殿開啓太祖皇帝忌辰道場齋文九月八日

伏以紹百王而開統昭著於祖功植衆善之妙因爰憑於覺力循有邦之舊典稽諱日以先期載肅齋場並延淨侶瞻玉毫之具相誦貝葉一作牒之靈文仰依慈慧之仁遐薦清真之馭廣資冥祐式廣孝思

太平興國寺開先殿開啓太祖皇帝忌辰道

場功德疏右語九月八日

伏以受命造邦，耀無窮之丕烈；以時薦福，資妙用於能仁。爰及諱辰，式遵彝憲，即神居之寶殿，延法侶於祇園。仰冀覺慈，廣敷勝利。威靈如在，冥助於真遊；運祚克昌，永隆於卜世。

賜西南蕃蠻人張漢頂等敕書九月十二日

敕張漢頂：省所附進馬并朱砂等事具悉。汝世安邊徼，遠效款誠，涉道里以甚勤，脩貢輸而自達。載嘉惠順，宜有寵頒，令回賜汝紅中錦旋襴一領、八兩渾鍍銀䥫帶一條、衣著二十疋，至可領也。故茲示諭，想宜

知悉秋冷汝比好否遣書指不多及

增修青帝朝日風師先蠶等壇祭告遂壇并當處土地祝文九月十二日

壇壝之嚴神明所格以時修舊式叶彝儀消此吉辰用伸昭告

皇帝回契丹皇帝告哀書

九月日伯大宋皇帝致書于姪大契丹皇帝闕下特枉使軺遽馳國訃不意凶變文成皇帝上僊載念久敦世好方睦隣歡聞問震驚撫懷感惻姪皇帝始茲纘紹深極哀摧冀節至情以遵典禮已差人使專持

慰禮令右宣徽使忠順軍節度使左金吾衛上將軍耶律元亨回奉書陳謝不宣白

皇帝回契丹皇太后告哀書

九月日姪大宋皇帝謹致書于嬸大契丹仁慈聖善欽孝廣德安靜正淳懿和寬厚崇覺儀天皇太后闕下不意凶變文成皇帝上僊方敦隣睦遽及訃音載惟慈慕之懷必極哀傷之念冀從順變式副瞻言已差人使專持慰禮令右宣徽使忠順軍節度使左金吾衛上將軍耶律元亨回奉書陳謝不宣謹白

贈昭信軍節度使遂國公宗顏祭文

月十三日夜

維爾幼而敏明，長克有立。胡謂爲善而不永年？奠斝在兹，營魂其歆。

贈昭信軍節度使遂國公宗顔祭文 欑所九月十三日

維爾稟質甚秀，享齡不遐。日月有期，厝安惟吉。陳兹奠酌，實悼余懷。

賜右領軍衛將軍克沖奬諭敕書 九月十五日

朕覽先帝之遺文，愴然增慕。嘉汝志之顓學，期乃有成。惟睿制之坦明，合聖經之（一作而）雅奥。傳寫之善，兹

謂藝能誦習不忘是爲寶訓宜加褒勗以勉進脩

吴王院上梁祭告土地祝文九月十五日

本支之盛棟宇有嚴吉日既涓脩梁始構冀神之祐永壯厥居

南京鴻慶宫開啓皇帝本命道場青詞九月二十三日

伏以帝運開先建别都而雄壯神遊欽奉肅真館以邃嚴適臨元命之辰恭按仙科之式薦兹嘉潔仰彼穹靈敢祈善應之祥永固無疆之壽

賜鎮海軍節度使檢校太尉同中書門下平

章事判亳州陳執中詔十月二日

卿近辭宰柄出守藩宣方受署以去初効右牽而來

獻式彰誠蓋深用歎嘉

賜知建昌軍張貴和勑書十月二日

敦本勸農惟汝之職因時任土脩貢有儀載省勤誠

用增獎歎

啓聖禪院修設故秦晉國肅恭賢正夫人林

氏盡七大會齋一中齋文十月二日

伏以覺慈廣被兼濟於含生冥福所資必憑於慧力

惟懿柔之秉德享壽考而有終隆睿眷以不忘僎勝

緣而增備願秉妙果道一作超薦真乘

賜吏部尚書同中書門下平章事文彦博生日禮物口宣十月二日

卿以名世之材當秉鈞之任乃顧具瞻之重適臨載誕之辰爰示頒宣用彰眷遇

西太一宫開啓皇帝本命道場青詞至和三年二月十五日

伏以真遊所集靈宇載嚴聿臨元命之辰恭按仙科之式冀紫清之垂鑒感蠲潔以潛通百福來臻克彰於善應萬齡增固永保於無疆

撫問麟府代州路臣寮口宣二月五日

卿汝等各藴材猷出膺寄任緯著綏寧之績克彰勤蓋之勞宜示撫存用推眷遇

皇帝回契丹太皇太后回謝書

三月日姪大宋皇帝謹致書于嬸大契丹仁慈聖善欽孝廣德安静正淳懿和寬厚崇覺儀天太皇太后闕下嚮以訃音來告方深感愴之懷賵禮是將用繼講修之好豈期懿念復枉使車且承春候之和克固壽康之福其於感慰罔罄敷陳今順義軍節度使左監門衛上將軍蕭信等回專奉書陳謝不宣謹白

皇帝回契丹皇帝回謝書

三月日伯大宋皇帝致書于姪大契丹皇帝闕下頃承哀訃嘗遣使軺惟久睦於仁隣俾往伸於賻襚復蒙惠問仍示賻儀方此春和克支福履其為慰浣奚既名言今順義軍節度使左監門衛上將軍蕭信等回專奉書陳謝不宣白

建隆觀翊教院開啓皇帝本命道場青詞 閏三月四日

伏以道迹玅無方默運清真之氣日躔有次式臨元本之辰恭按仙儀俾陳淨醮伏願蒼靈昭鑒福嘏駢臻

萬壽無疆永隆於鴻筭蓋生咸遂均被於餘休

賜侍衛親軍步軍副都指揮使涇州觀察使王凱赴闕茶藥口宣 二十五日

卿遠戍戎車夙祗召節式及炎薰之候載惟道路之勤宜頒飲劑之良用示眷懷之厚

賜龍圖閣直學士給事中施昌言已下爲修河了畢御筵口宣 四月四日

卿等分庀工徒繕修隄捷遽茲訖事嘉乃有成宜推宴犒之恩用獎勞能之効

賜鎮東軍節度觀察留後知潁州李端愿赴

闕茶藥詔八日

卿出布詔條，入祗召節。屬此炎歊之候，深惟道路之勤。宜頒藥劑之良，用示眷懷之厚。

賜契丹賀乾元節國信使副生餼口宣八日

卿等式將聘幣，來講鄰歡。載嘉道路之勤，宜厚餼牽之品。往膺寵錫，用示眷懷。

賜文武百官文彦博已下於大相國寺罷散乾元節道場香合口宣八日

卿等式因誕節，祗率寀寮，修梵供以惟精，罄臣誠而申祝。載嘉忠愛，宜示頒宣。

賜文武百官文彦博已下於錫慶院罷散乾元節道場酒果兼教坊樂口宣 八日

卿等叶德同寅，愛君盡禮，因誕彌之紀節，申祝頌之常儀。宜示宴私，用彰優寵。

大慶殿行恭謝之禮御札 五月二日

勑内外文武臣寮等：執珪璧以事神，嚴祖宗而配帝，雖有國之常典，亦因時而制宜。朕承三聖之丕基，撫萬邦之有衆，儉于己思天下之民豐，勞于心致天下之民佚，罔敢怠忽，庶幾治洽一作平。而首春以來，偶爽調適，賴三靈敷祐，百福來臻，順以節宣，獲兹康裕。加

以邊隅不聳風雨以時雖庶物之咸和顧眇躬之一作
而增惕是用稽先朝之成憲詢故實於有司即廣殿
之翼嚴擇靈辰之良吉式伸昭謝以格純休宜示先
期俾茲誕告朕取今年九月内於大慶殿行恭謝之
禮其今年冬至親祀南郊即宜權罷所有合行諸般
恩賞並特就恭謝禮畢一依南郊例施行至日朕親
御宣德門宣制仍令所司詳定儀注以聞務遵典禮
勿俾煩勞咨爾多方咸體予意故茲札示想宜知悉

東太一宮開啓保夏祝聖壽金籙道場密詞

四月二十七日

伏以風薰絕候阜庶物以蕃滋道妙無言集百祥而善應即琳宫之福地考金籙之秘文薦此令芳通乎肸蠁冀延純錫保乃昌圖資壽考於無疆均蠢生而咸被

賜五臺山十寺僧正知令等勑書 五月七日

汝等並懷出俗之心而有愛君之志因王正之肇序遵佛事以修嚴期申祝延來効誠獻載嘉勤款宜有恩頒

賜天章閣待制知揚州許元詔 五月七日

汝以材敏班余詔條眷乃維海之濵產兹草木之美

以時采擷來效貢輸嘉爾勤誠良深歎獎

天貺節謝内中露香表五月七日

伏以薰風應候滋阜於羣生嘉節紀時恭承於景貺

已嚴淨館虔奉祕詞仍假薰脩附通精意祈靈昭鑒

純祉來臻

撫問廣南西路臣寮口宣五月十七日

汝等並以幹能出分寄任顧此蘊隆之候載䡖嘉宣布

之勤宜示慰存用彰眷遇

除授陳執中行尚書左僕射充觀文殿大學

士依舊判亳州加食邑食實封餘如故仍放

朝謝制 六月十日

門下爵禄之寵所以優老而崇賢退讓之風所以勵俗而敦化眷我元輔毀于近邦屢辭將相之榮備述君臣之遇雖重違懇悃之請而豈無恩意之隆爰告外庭以旌嘉尚具官陳執中質性剛直姿識敏明出於名臣之家早有時材之用自更中外之任實勤夙夜之勞出撫師徒宣威種落之外入參機要竭忠帷幄之間至於兩踐台司首當國論杜門絶請善避權勢以遠嫌處事執心不爲毀譽而更守顧方澀於倚信乃析解於鈞衡兼秉旄調鼎之榮資鎮俗偃蕃之

重所以優逸耆哲養頤精神而數形奏封每以疾告察其誠至良爲惻然若夫中臺之崇端揆是爲於師長秘殿之職詢訪實思於老成推此茂恩俾如爾志仍廣邑封之數即安屛翰之居於戲壹思慮以專心勤藥石以自輔人實求舊予惟不忘勉期壽康往服休命可特授行尚書左僕射充觀文殿大學士依舊判亳州加食邑七百戶食實封三百戶功臣散官勳封如故仍放朝謝主者施行

宣召曾公亮口宣 六月六日

有勑卿自辭職禁林班條近輔休有政績播于民聲

既深柬於予衷俾召還其舊物矧爾材望著于搢紳豈惟潤色之文方佇論思之益

撫問河北路臣寮諸軍將校口宣七月三日

卿等任膺委寄職在綏寧當兹災沴之餘備著勞能之效俾伸撫慰宜體眷懷

撫問樞密直學士施昌言爲患口宣七月十日

卿方委政條遽聞疾告致爽調和之理豈非夙夜之勞勉輔大真冀遵藥喜俾伸撫慰式示眷懷

撫問澶州滑州衛州通利軍梅摯等及存恤遂州軍爲水災及防護堤岸口宣七月七日

卿汝等列藩宣之重寄罹澍潦之時災顧乃兵民載深隱惻尚賴班條之善克伸捍患之勞往道予懷俾伸慰撫

萬壽觀延祥殿開啓中元節賫薦真宗皇帝道場青詞七月七日

伏以道生萬物運元氣於無形節正三元紀清商之令序洪惟先聖邈矣真遊貽睿業以嗣承增孝思之時感式陳淨醮仰薦精衷伏願靈馭在天愈賫於宜祐寶圖綿世永庇於羣生

内制集卷第三

除陳執中制名臣一作大臣

撫問河北路臣寮諸軍將校口宣一作撫問脩河臣寮口宣

内制集卷第四　　歐陽文忠公集八十五

賜昭德軍節度使龐籍幷武康軍節度使韓琦龍神衛四廂都指揮使英州團練使郝質各進奉端午馬詔敕 七月七日

卿外分寄任，方切眷懷，屬令節之紀時，效駿足而來貢，備彰勤蓋，深所歎嘉。

賜溪洞進奉乾元節幷端午敕書

汝夙被朝恩，克綏種落，屬茲佳節，來效貢儀，省乃勤誠，良深歎奬。

賜外任臣寮進奉乾元節功德疏詔敕 七月

七日

卿汝夙韞材猷出分委寄屬茲誕節來効勤誠載詳善禱之言彌見愛君之義良深歎尚宜體眷懷

賜外任臣寮進奉助恭謝禮畢銀絹等詔勑

七月二十五日

國有大事嚴祀以薦馨臣能盡忠因物而脩禮卿汝分職居外乃心于朝載陳來助之儀深歎勤誠之至

賜武康軍節度使韓琦到闕生料口宣八月五日

卿德著耆明時膺材任祗趨召節方及國門宜示頒

宣式彰眷遇

賜新授四方館使依舊英州刺史馬懷德進

奉謝恩馬勑書 八月十日

汝近以疇勞擢陞要職乃求良駿來備貢輸深惟報

國之誠更俟奮身之效良深嘉獎當悉眷懷

賜知池州包拯進奉石菖蒲一銀合勑書 八

月十日

汝識遠言忠身外心内乃因時物來効貢儀深體誠

勤益增歎尚

賜新授觀文殿大學士行尚書左僕射陳執

中詔七月二十五日

卿出守藩垣自陳疾恙祕殿之職揆路之崇所以褒優輔臣增重朝體而乃發於誠懇來効貢輸載省悃一作忠勤但深嘉尚

賜新除資政殿大學士知青州孫沔告勑并對衣鞍轡馬口宣八月十六日

卿蔚為名臣久撫方面俾加美職徙領要藩仍推寵錫之優式示眷懷之厚

賜護國軍三軍將吏僧道百姓等為護國軍節度使樞密使狄青罷政加平章事判陳州

示諭勑書 八月十六日

勑護國軍某人等：朕以狄青夙兼忠勇之姿，嘗著勤庸之効，自參機務，頗歷歲時，載深乃眷之懷，優以均勞之寵。惟命崇於名器，蓋體繫於朝廷。是加鼎軸之司，委以藩垣之任，乃人臣之榮遇，想輿論之僉諧。

賜翰林學士尚書左司郎中知制誥權知審刑院曾公亮詔 八月十六日

國家致治之難，惟刑是恤，使民無犯，嗟訓導之未純；執法必平，顧重輕而宜允。卿以精識附傅一作之經術，不恃明而克審，既能敏而加勤，期於無刑，予敢不勉

靡有留事爾實為材副乃憂勞良深歎獎

賜尚書刑部員外郎兼侍御史知雜事權判大理寺郭申錫等敕書 八月十六日

獄重事也余所慎焉五刑之難請比之文毛舉四海之廣報決之書日繁汝以通敏之姿濟之夙夜之力厝刑不用余實慕於前猷俾獄無留汝則能於厥職副我欽恤良增歎嘉

除劉沆特授行工部尚書充觀文殿大學士知應天府加食邑實封仍改賜功臣餘如故制 嘉祐元年十一月五日

門下盤一節以事君中外之任無間勳大臣而有體進退之禮必優矧余輔弼之良方賴股肱之寄屢形懇避嘉敦懇之弗移宜峻寵章示眷懷之特具官劉沆質性剛鯁姿材敏明早以藝文策雋科於異等遂追髦彥騰亨路以飛華入必侍於清閑出屢更於事任翼翼是則有聲京邑之雄巖巖具瞻遂參廊廟之用乃疇嘉績爰正台司執毀譽不回之心篤於自信勤夙夜匪懈之志久而益勞顧方厚於倚毗乃遽思於退讓宴見之際有言而必誠封章之來雖却而復至察其所守實亦重違惟茲祕殿之嚴眷乃留都

之重既增美秩仍益真封寵我邇臣斯為異數雖如汝志尚東予衷於戲秉國之鈞居則坐而論道為時舊老往則殿于大邦是惟出處之榮勉服便蕃之命可特授行工部尚書充觀文殿大學士知應天府加食邑一千戶食實封四百戶仍改賜推誠保德崇仁忠亮功臣散官勳封如故主者施行 替錢明逸

賜新除同中書門下平章事判大名府依前彰信軍節度使李昭亮讓恩命不允詔 十二月五日

卿勳閥之門世承舊德忠勤之節効著厥官惟別都

管鑰之嚴兼方面鎮臨之重俾提相印增寵將旄嘉

辭讓之有儀在眷懷而豈易爾毋固執往服新恩

賜溪洞進奉助恭謝賀冬賀正水銀綿紬等

勑書十二月五日

汝世膺朝寵能撫其人時効乃誠善修其貢載惟忠

恪深用歎嘉

東太一宮開啓年交祝聖壽金籙道場密詞

十二月十日

伏以三陽肇序始變於凝陰萬壽無疆宜膺於茂祉

俾延淨侶祗欵嚴祠按金籙之仙科格紫清之真馭

冀迎福應永固丕圖下逮庶邦咸均純錫

賜夏國主（一有賵賻二字）詔（十二月二十五日）

詔夏國主喪葬之儀孝子之大節賵賻之禮國家之至恩眷惟忠順之邦宜厚哀榮之卹緬思荼毒深用惻傷俾遣使車勉膺慰錫今差文思院使張惟志充弔慰使兼賜安葬故母物色具如別録至可領也故玆詔示想宜知悉冬寒比平安好否書指不多及

正月六日朝辭訖就驛賜契丹賀正旦人使御筵口宣（十二月二十五日）

卿等聘禮有成使軺云復嘉肅祇於將事宜宴飫以

勞勤式示眷懷勉膺寵錫

班荆館賜契丹賀正旦人使却回酒果口宣

卿等載馳瑞節來會王正嘉成禮以言旋念戒塗之伊始式推寵眷勉服恩頒

賜樞密副使程戡生日詔 嘉祐二年三月四日

卿久罄謀猷叶宣機政眷惟誕日屬此令時宜推寵賚之優式示顧懷之厚

賜諸道州府軍監及四京恤刑詔勑

朕欲使民知禮義以遠罪而患乎勸戒之未明蠢兹羣愚猶冒常憲顧此溽暑閔然拘纍(缺文)夙以敏材外

分憂寄惟刑之恤當體於朕心舉政以時勉思於汝職務從欽慎廱副哀矜

契丹國信使副回入四月沿路賜夏藥扇子

甘蕨等口宣三月十九日

卿等載驅使傳言復歸塗顧兹溽暑之辰宜有優恩之賚俾頒品劑當體眷懷

瀛州賜契丹國信使副却回御筵口宣三月十九日

卿等將命達辭回轅屆道方涉川塗之邈宜申宴犒之私式示優延體兹眷厚

北京賜契丹國信使副却回御筵口宣 二月二十九日

卿等夙將信聘，言復使軺，方就館於别都，宜示恩於錫宴。式彰優渥，當體眷懷。

就驛賜契丹賀乾元節人使内中酒果口宣

卿等將乃聘儀，及兹壽節，宜示燕私之惠，用彰眷寵之懷。推以甘珍，體予嘉錫。

賜河北東西路邊臣夏藥及傳宣撫問口宣

卿汝等各以敏材，任兹邊寄，屬此炎歊之候，深惟勤悴之勞。俾頒藥劑之良，式示眷懷之厚。

東太一宮開啓保夏祝聖金籙道場密詞 四

月二十六日

伏以道妙無言，惟一資生於萬物；歲功有序，以時均播於五行。當火德之盛明，順南訛而阜育。式稽金簡，祗即琳宫，祈降集於上靈，冀迎來於衆福。伏願齊天永筭，益保於鴻休；觸類賦形，皆均於純錫。

賜昭德軍節度使檢校太傅知并州龐籍撫諭戒勗詔 五月二十三日

勑龐籍：省所上表麟州申管勾麟府州軍馬司郭恩領兵過屈野河陷没待罪事具悉。卿以文武之才，更將相之任入籌帷幄早資決勝之謀出撫邊隅方重臨戎之寄載惟同德可諒宣勤而裨校貪功曾罔虞於蠆毒敗沒銜辱致輕損於國威嘉封奏之上陳能列言而引咎雖勇夫僨於輕敵彼實自貽而智者慮於未形宜無不備已失難追於既往後圖猶倚於老成勉思節制之方用副眷懷之厚故茲詔示想宜知悉夏熱卿比平安好遣書指不多及

大相國寺開啓爲民祈福道場齋文

伏以薰風協序阜百物以蕃昌慧福均慈蒙萬生而廣被顧惟編俗屬此煩蒸虔依妙覺之仁護此含靈

之衆祓除時沴迎集天祺凡載坤輿共臻壽域

醴泉觀感通殿開啓為民祈福道場青詞

伏以瑞泉涵液湛一勺之靈源琳館凝華嚴衆真之福地眷兹炎鬱閔彼蒸黔俾肅按於仙科冀導迎於善氣伏願紫清昭鑒飈欻來臨旁均海寓之遐下逮翾蠕之細並蒙道蔭咸被時禧

賜宰臣富弼乞第三表乞退不允斷來章批答

省表具之朕眷惟宰輔之司實繫（一作繄）朝廷之重職或非稱勢因易揺比以連年猒於屢易或用人之不

審致厥位之靡安故於圖任之初尤極精求之意而議者謂卿有天下之譽慶朕得非常之才豈惟斷不惑於予心固以慰久鬱之人望則朕之用卿者至矣卿之自待者如何而方沃嘉猷遽形退讓駭無因而及此曾莫諭於乃誠豈廊廟之崇責重者其憂難任而富貴之至位高則其慮易危邪朕嘗歷考往昔之人其於進退之際遇計而圖全者未必無患忘身而徇國者固多令名惟爾之明必知所擇宜少安於職業用深體於倚毗所乞宜不允仍斷來章

賜兗國公主陳讓恩命第三表不允斷來章

手詔七月七日

省所三上表陳讓兖國公主事具悉古者周姬下嫁車服不繫於其夫漢女有封湯沐並開於新邑所以重國家之體隆親愛之恩稽累聖之舊章皆按圖而啓國汝以天姿之甚淑習姆教而已閑方及有行乃遵先制俾瘞賢懿用錫土田而乃志在撝謙願還渥澤固辭以禮既深體於懇誠承命必恭宜勉祗於寵數所讓宜不允仍斷來章付兖國公主

批答

賜賢妃苗氏陳讓恩命第三表不允斷來章

省所三上表陳讓賢妃事具悉妃嬪之制秩叙著於
上宫爵賞之行名數存乎國典舉必謀衆予其敢私
眷柔閑淑慎之賢有輔佐憂勤之德更歲時而惟舊
列號位以既隆屬者因築館之將行示緣恩而推寵
雖朕心之乃眷必廷論之曰然而能恪（一作封）執謙沖
深形懇避然而讓宜有節禮不越於再三命出惟行
告已申於中外往祗休渥毋或固辭所讓宜不允仍
斷來章付賢妃苗氏

賜知乾寧軍高遵約奬諭勑書七月七日

勑高遵約省河北安撫提刑司奏勘會乾寧軍去歲

值大雨河水泛漲衝破護城堤浸城壁其河岸大段墊壞軍城危急汝乘此水災徑赴本任交割勾當尋計度功料多方用心躬親部役修築河堤及護城堤至今年三月内了當甚得堅固本軍久遠委不消還廢伏乞特加旌賞事嚮以暑雨失節悍湍迅流水防廢官衝溢爲患汝能奔走就職勤勞匪躬民𧦝無墊溺之虞壁壘得繕完之固厥效明著攸司以聞載覽憂顧之懷宜示襃嘉之意故兹獎諭想宜知悉秋熱汝比好否遣書指不多及

福寧公主宅開啓道場青詞七月十五日

伏以妙道無形宅真靈於杳默精衷有感延福應之純厖眷外館之有嚴肅行車而伊始俾遵科式祓以芬芳冀冥祐之敷垂集休寧而永保

內中福寧殿開啓三長月祝聖壽道場青詞

八月二十六日

伏以凜秋肅物嘉歲序之成功吉月延祥按仙科之舊式瞻彼清真之馭敞兹禁密之廷薦以芬芳通於杳默伏冀壽齡永固福應來臻隆寶歷以遐昌均庶邦而康靖

玉津園開啓保祐聖躬爲民祈福道場青詞

八月二十六日

伏以祇紹慶圖撫寧一作摩方夏仰荷百祥之時集思同庚品以均休乃即清郊載嚴淨侶誦藥宮之真訓瞻璇極之高靈伏願聖壽無疆永錫厖鴻之祐物生咸遂並臻康泰之期

南京鴻慶宮開啓皇帝本命道場青詞九月十三日

伏以寶圖興運茲惟受命之邦琳館凝祥肅奉真遊之馭惟本元之令日薦精潔之明誠按金籙之科儀瞻紫霄之杳默伏冀衆靈敷祐百福來臻保遐算於

無疆均含生之賴德

賜樞密副使田況生日禮物詔 九月十三日

卿夙韞才猷贊吾機務屬涼秋之肅物嘉誕日之届一作戒期宜有寵頒以彰恩眷

班荊館賜契丹國信使副到闕酒果口宣 九月十三日

卿等祗命使軺修歡隣聘式交都畿之近宜推宴勞之恩錫以甘芳用彰眷遇

班荊館賜契丹國信使副到闕御筵口宣

卿等肅持聘問協講隣歡涉川陸之甚遐戒郊圻而

兹始宜申宴犒用示眷優

玉津園賜契丹國信使副弓箭御筵口宣

卿等荐脩聘好方憩輶軒肅射圃以有儀豐宴籩而加品膺兹寵錫式體眷懷

雄州白溝驛賜北朝契丹賀正旦人使御筵兼傳宣撫問口宣

卿等言飭使軺時修聘好涉此沍寒之候載惟行李之勤宜示宴慈用彰眷撫

内制集卷第四

此卷賜陳執中詔出守藩垣孫沔詔徒領要藩元本皆用蕃字按字書蕃屏也藩籬也亦藩屏也其義相通故公集互用之

正月六日賜契丹賀正旦使御筵口宣宴飲一作宴飲

夏太后回謝生辰禮物詔

賜夏國主回謝生辰詔

賜夏國主賀乾元節詔

東太一宮保夏道場密詞祝聖一作聖壽祝

賜富弼第三表乞退批答或用人作戒一謂卿作謂一作以

福寧殿開啓道場青詞福寧一作福康

歐陽文忠公集八十六

内制集卷第五

賜樞密使山南東道節度使同中書門下平章事賈昌朝生日禮物口宣 九月五日

卿位峻樞庭，望崇舊老，屬誕期之斯及，顧寵數以宜優。體乃眷懷，膺兹蕃錫。

皇帝賀契丹皇帝正旦書

正月一日，伯大宋皇帝致書于姪大契丹聖文神武睿孝皇帝闕下：玉曆正時，布王春而兹始；寶隣敦契，講信聘以交修。方履新陽，益綏多福，其於祝詠，罔罄敷言。今差朝散大夫、守太常少卿、上騎都尉、渤海縣開國男食邑三百户賜紫金魚袋吳中復供備庫使銀青崇禄大夫檢校太子賓客兼御史大夫騎都尉廣平縣開國男食邑三百户宋孟孫充正旦國信使副有少禮物具諸別幅專奉書陳賀不宣白

皇帝賀契丹太皇太后正旦書

正月一日姪大宋皇帝謹致書于嬸大契丹仁慈聖善欽孝廣德安靜正淳懿和寬厚崇覺儀天太皇太后闕下歲律更新春陽啓達因履端之叶吉敦永好以申歡載惟慈懿之和方集壽康之祉更希善攝用副遐悰今差朝散大夫守太常少卿直昭文館護軍

廣陵縣開國子食邑五百户賜紫金魚袋吕景初洛苑使兼閤門通事舍人銀青祟禄大夫檢校太子賔客兼御史大夫騎都尉清河郡開國侯食邑一千七百户張利一充正旦國信使副有少禮物具諸别幅專奉書陳賀不宣謹白

賜知潁州徐宗况進奉賀兖國公主出降銀絹馬等勑書

勑徐宗况省所進奉賀兖國公主出降絹五百疋事具悉詩稱王姬之下嫁國著嘉禮而有儀惟臣職之聿脩備物容而叙慶誠勤所至歎尚良深故兹示諭

想宜知悉冬寒汝比好否遣書指不多及

賜知建昌軍沈造勑書

勑沈造省所進奉銀珠稻米一十石計一百黄綃袋事具悉汝職守軍符政兼民穡樂此有秋之實擇其嘉穀之英式陳常貢之儀彌體恪官之意故兹示諭想宜知悉冬寒汝比好否遣書指不多及

集禧觀凝祥池崇禧殿開啓祝聖壽年交金籙道場密詞十二月十日

伏以琁霄默運推四序以循行玉曆更新集萬靈而交會俾清琳宇延格高真薦兹精一之誠祈乃純厖

之祉冀縣福祚均及含生

班荆館賜契丹賀正旦人使到闕酒果口宣 十二月十日

卿等歲律更端隣歡交聘載馳使傳方及國郊宜推

寵錫之恩式示眷懷之厚

瓊林苑開啓保祐聖躬祈福道場青詞 十二月十二日

伏以四時成歲嘉廌彙之咸新百福自天荷衆真之

冥貺俾開靈囿恭講仙科惟寶祚之延長錫壽康之

遐永是惟降鑒享乃克誠

瓊林苑開啓保祐聖躬祈福道場默表

伏以荷天地之鴻休席祖宗之丕業載惟勵翼敢怠憂勤屬歲律之更端冀時禧之茂集俾嚴禁籞祇率舊章廣通芬潔之誠仰格清真之馭伏冀錫齡斯永降福孔多保邦祚於無窮均物生而咸被

啓聖院齋殿内權奉明德元德章穆皇后令告遷赴普安院重徽隆福兩殿奉安祝文

嚮以雨水為災殿塗增緝亦既新於叢構爰來復於真遊爰揆靈辰冀兹安妥緬惟慈佑丕鑒乃誠

皇帝親詣啓聖禪院告遷明德元德章穆皇

啓赴普安院奉安祝文

嚮者因霖災之爲沴，飭殿構以增新。涓穀旦之惟良，奉神遊而還止。載深感慕，躬薦芬馨。式慰孝思，冀兹臨格。

正月三日就驛賜契丹賀正旦人使内中酒果口宣

卿等奉將隣好，來會歲元。載推（一作推）寵賚之私，宜極珎豐之品。俾頒嘉味，式侑宴歡。

瓊林苑交年禱祭太歲諸神祝文

天行有度，運三統以環周；歲德所臨，從百神而拱列。

載洕穀旦薦此令芳惟陰鑒之享誠委時祥而昭佑

班荆館賜契丹賀正旦人使到闕御筵口宣

十二月十四日

卿等曆紀歲元聘交隣好載馳使傳方及國門宜頒宴犒（一作推寵錫）之恩式示眷懷之厚

賜夏國主進奉賀正馬駞詔

詔夏國主省所差人進奉賀正馬駞共一百頭足事具悉屢端紀歲萬邦咸稟於王正効貢以時奕世克修於藩職載閱充庭之實深惟守士之勤遐體傾輸不忘歎奬今回賜銀絹茶等具如別録至可領也其

差來人所賜物色亦具賜目故茲詔示想宜知悉春寒比平安好否書指不多及

賜夏國主贖大藏經詔 十二月 日

詔夏國主省所奏伏為新建精藍載請贖大藏經帙籤牌等其常例馬七十疋充印造工直俟來年冬賀嘉祐四年正旦使次附進至時乞給賜藏經事具悉封奏聿來祕文為請惟覺雄之演說推善利於無窮嘉乃純誠果於篤信所宜開允當體眷懷所載請贖大藏經帙籤牌等已令印造候嘉祐四年正旦進奉人到闕至時給付故茲詔示想宜知悉春寒比平安

好否書措不多及

賜新除觀文殿學士禮部侍郎孫沔詔嘉祐三年正月十七日

敕孫沔省所上表伏蒙聖慈差使臣賫到誥敕各一道授臣觀文殿學士禮部侍郎并賜對衣金帶鞍轡馬錢五百貫文不敢恭受伏乞特改差臣知一小郡或依例除一官致仕陳乞事具悉卿蔚有敏材曆予簡任外分邊寄嘗著恩威入贊國機早參於帷幄風猷甚美寵遇既優適當擇帥之初方鑒用謀之失是惟慎舉實允僉諧豈宜圖自便之私而罔體眷懷

之意顧茲重地難久曠官往祗成命之行當略好謙之節所讓宜不允依前降指揮疾速發赴本任故茲詔示想宜知悉

集禧觀奉神殿開啓謝雪道場青詞

近以溫陽干時雨雪愆候載惟寡薄敢罄精純明靈孔昭嘉應斯獲兆豐年而有望消癘氣於未形惟物蒙休以時申報冀清真之來格期福貺之永依

自京至雄州巳來撫問契丹告哀人使口宣

正月十九日

卿祗戒軺軒載馳隣訃顧道塗之甚邈惟涉履之斯

勤俾宣恩言式慰良苦

賜契丹國告哀人使茶藥口宣正月十九日

卿式將隣聘來告國哀屬春候之尚寒顧驛塗之攸

邈俾頒品劑用示眷懷

治路賜契丹國告哀人使赴闕茶藥口宣正

月十九日

勑蕭福延卿夙駕使軺遠傳國卹屬餘寒之在候想

馳驛之爲勞俾頒飲劑之良用示眷懷之厚

景靈宫雅飾元天大聖后聖容并侍從等開

啓預告道場青詞正月二十日

伏以珍宇邃嚴奉真靈而有素王容清穆謹修祓以惟時爰按仙科俾伸虔告載瞻道蔭宜鑒沖誠

皇帝回契丹皇帝告哀書

二月日伯大宋皇帝致書于姪大契丹聖文神武睿孝皇帝闕下承遣使車特貽緘翰不意凶變太皇太后上僊載惟契好久睦仁鄰聞此訃音但增感愴姪皇帝負荷至重追慕所深冀節哀情用遵禮制已差人使專持慰禮令林牙懷德軍節度使蕭福延回奉書陳謝不宣白

雄州撫問契丹賀乾元節人使口宣二月二

十四日

卿等夙持信聘，來講隣歡，及疆候以惟初，屬暄和之方盛，宜加撫慰，式示眷懷。

賜給事中參知政事魯公亮生日詔 二月二十五日

卿蔚有時望，參于柄臣，惟倚注之所深，在眷顧之尤異。屬茲誕日，宜爾壽期，膺此寵頒，體予至意。

賜翰林學士兼侍讀學士尚書戶部郎中知制誥知審刑院胡宿詔 三月三日

勑胡宿：省所奏，據大理寺日奏司申二月二十一日已前下寺公案並已斷奏了畢無見在事具悉朕欲斯民足衣食知禮讓而竊攘爭鬬之獄猶滋欲吾吏慎刑罰盡情僞而傅予輕重之文不一卿以儒學之職總評讞之繁克勤其官曾不留事實副予意惟時可嘉若乃使天下囹圄空虛而風流篤厚是亦論思獻納者之志其勉助我以共臻焉仍依奏宣付史館故茲獎諭想宜知悉

賜判大理寺陳太素并權少卿楊開及審刑院詳議官大理寺詳斷官等敕書 三月三日

敕陳太素省知審刑院胡宿奏據大理寺日奏司申

二月二十一日已前下寺公案並已斷奏了畢無見在事刑獄之重一成而不遷比類之微可疑者甚衆汝好學而敏涖官以勤夫俾天下之無冤幾刑錯而不用此朕翼翼希慕之所未及而爾孜孜厥職之所不忘者也故茲奬諭想宜知悉

恩州賜契丹遺留使副茶藥口宣三月二十八日

卿等夙馳使傳來達信函載惟涉履之勤當此暄和之候宜加頒賚式示眷懷

瀛州賜契丹賀乾元節人使却回御筵口宣四月七日

卿等既成聘好方即歸塗再惟將命之勞宜有犒勤之錫俾伸宴飫用示眷私

班荆館賜契丹賀乾元節人使却回酒果口宣 四月七日

卿等使軺復命郊館餞行惟兹良潔之英薦以甘馨之實用伸恩錫當體眷懷

十六日就驛賜契丹賀乾元節人使内中酒果口宣 四月十七日

卿等夙奉信函方休賓館惟此醇甘之品用推寵賚之恩聊侑宴歡以伸優遇

賜知舒州齊廓進新茶并知廣德軍浦延熙

進先春茶勑書

勑齊廓省所進奉新茶一銀合合重五十兩緋羅夾複全事具悉百物茂生取新爲貴羣方修職効貢以時汝守土有方事上惟恪閱茲來獻用體勤誠故茲示諭想宜知悉

賜外任臣寮進奉乾元節銀絹馬勑書

勑高易簡省所進奉乾元節絹五百疋事具悉汝夙以敏材膺于東寄及此奉觴之節載陳任土之儀能因物以達誠見事君之甚恪省閱于再歎嘉不忘故

茲示諭想宜知悉

班荆館賜契丹告哀人使内中酒果口宣

卿夙將隣訃方届國門載惟衝涉之勤宜有宴休之錫俾伸頒賚用示眷優（一作懷）

開寶寺福勝院開啓道場於乾元節日支散袈裟并設大會齋一中齋文

伏以正陽旅月方及於嘉時萬壽齊天式標於令節啓真乘之秘藏集淨侣於法筵仰惟慈妙之仁茂委純厖之祉永隆丕筭均福羣倫

東太一宮開啓保夏祝聖壽金籙道場密詞

四月二十四日

伏以寂然妙道，推善應以無方；瞻彼高靈，薦精誠而必達。届此長嬴之候，是惟茂育之時。爰稽玉笈之真文，載潔雲壇之淨醮。冀敷昭鑒，來集純禧。固壽曆之延昌，溥蒼黔而均祐。

賜彰信軍節度使檢校太保同中書門下平章事判大名府李昭亮乞知西京不允詔

勑昭亮：省所上表，乞移判河南府事，具悉。朕惟魏、洛之重，皆爲别都，將率所居，難於屢易。卿以中外勤勞之績，有撫綏扞禦之材，自膺寄任之雄，方厚倚毗之

意遽兹列奏嘉乃好謙宜體眷懷靖安爾位所乞宜不允故兹詔示想宜知悉夏熱卿比平安好遣書指不多及

賜宣徽南院使淮康軍節度使張堯佐乞知西京不允詔 五月二日

勑堯佐省所奏臣皇祐三年内授宣徽南院使判河陽軍州事未滿任蒙詔赴闕供職至今六載自量尸素深不遑寧近知西京闕人未有除授伏望特賜差委事具悉宣導徽猷任親而事簡居留京邑地要而務繁惟予眷遇之臣方處清閑之職載披來牘深識

乃誠雖奮其聰明尚足以臨涖而待我耆艾宜有以優游實嘉盡瘁之心難徇撝謙之意所乞宜不允故茲詔示想宜知悉

賜宰臣文彦博上第一表乞解重任不允批答五月十八日

省表具之夫知其人之爲賢任則勿貳事其君而有道去不可輕此古之臣主之明舉措必慎所以收功於一時而垂法於後世也卿夙有時望爲予柄臣自復秉於國鈞僅三周於歲序若乃進退賢否誅賞罪功每於聽納之間敢忘虚己顧彼搢紳之論曾靡異

辭方期有成以副予意而乃過形謙損思避台衡豈寡德弗明於用才而不盡將多言害正致厥位之難安苟異於斯夫何引讓矧卿忠信之節足以叶予之一心材謀之優可以斷予之大事茲所柬注寧煩論言所請宜不允

就驛賜契丹遺留使副銀鈔鑼唾盂盂子錦被褥口宣五月十八日

卿等馳軺來止將命有儀顧茲館憩之初宜具燕私之用俾伸優錫式示眷懷

通商茶法詔嘉祐四年二月四日

勑古者山澤之利與民共之故民足於下而君裕於上國家無事刑罰以清自唐末流始有茶禁上下規利垂二百年如聞比來為患益甚民被誅求之困日惟咨嗟官受濫惡之入歲以陳積私藏盜販犯者實（一作寔）繁嚴刑重誅情所不忍使田閭不安其業商賈不通于行嗚呼若茲是於江湖之間幅員數千里為陷穽以害吾民也朕心惻然念此久矣間遣使者往就問之而皆歡然願弛搉法歲入之課以時上官一二近臣件析其狀朕嘉覽于再猶若慊然又於歲輸裁減其數使得饒阜以相為生剗去禁條俾通商賈

歷世之弊一旦以除著為經常弗復更制損上益下以休吾民尚慮喜於立異之人緣而為姦之黨妄陳奏議以惑官司必寘明刑用戒狂謬布告遐邇體朕意焉

內制集卷第五

經詔　大藏經帙（帙字上一有及經二字）

詔　重誅（一作峻誅）

内制集卷第六　　歐陽文忠公集八十七

恩州賜契丹皇太后賀乾元節大使茶藥詔

嘉祐四年二月二十四日

卿夙將信聘，方上中塗。惟茲藥籙之良，加之一作予茗品之美，特伸頒一作恩賚，式示眷懷。

恩州賜契丹皇太后賀乾元節副使茶藥詔

同日

卿肅將聘幣，來及壽觴。載嘉道路之勤，宜有頒宣之寵。仍伸撫勞，當體眷優。

恩州賜契丹皇帝賀乾元節大使茶藥詔同日

卿將命寶隣講歡壽節屬此暄和之候載惟涉履之勤宜頒品劑之良式示眷懷之意

恩州賜契丹皇帝賀乾元節副使茶藥詔㫛

卿夙副聘軺來陳壽祝顧川塗之攸邈屬氣節之方和俾頒飲餌之精式助宣調之理

端午帖子

皇帝閣六首

其一

天容清永晝風色秀含薰五日逢佳節千齡奉聖君

其二

綵索盤中結楊梅粽裏紅宮闈九重樂風俗萬方同

其三

寶典標靈日明離正午方五行當火德萬壽續天長

其四

歲時令節多休宴風俗靈辰重祓禳肅穆皇居百神衛滌邪寧待浴蘭湯

其五

香菰黏米著佳名古俗相傳豈足矜天子明堂遵月令含桃初薦黍新登

其六

聖主憂勤致治平仁風惠澤被羣生自然四海歸文

德何用靈符號辟兵

皇后閤五首

其一

繭館覆桑桑新絲引更長紉爲五色縷續壽獻君王

其二

槐綠陰初合榴繁豔欲然翠筒傳角黍嘉節慶年年

其三

煙含玉樹風生細日永宫花漏出遲深殿未嘗知暑

氣水精簾拂砌琉璃

其四

玉壺冰彩瑩寒光避暑宸遊樂未央來艾不須禳毒沴塗椒自已馥清香

其五

蘭茗擢秀迎風紫槿豔繁開照日紅嘉節相望傳有舊深宮行樂自無窮

溫成閣四首

其一

香黍筒爲糉靈苗艾作人芳音邈已遠節物自常新

其二

珠箔涼颸入金壺晝刻長鸞臺塵不動銷盡故時香

其三

聞說仙家事杳微世傳真僞豈能知遙思海上三山

樂寧記人間五日時

其四

雲散風流歲月遷君恩曾不減當年非因掩面留遺

愛自爲難忘窈窕賢

夫人閤五首

其一

冰壺凝皓彩水殿漾輕漣繡繭誇新巧縈絲喜續年

其二

黄金仙杏粉赤玉海榴房共鬬今朝勝盈襜百草香

其三

光風細細飄香轉緑葉陰陰覆檻涼雲物鮮明時節麗水精宫殿侍君王

其四

蓬萊仙闕彩雲中端日（一作午）欣逢歲歲同皎潔霜紈空詠扇深沉玉宇自生風

其五

古今風俗記佳辰樂事深宫日日新巧女金盤絲五

色皇家玉曆壽千春

皇帝回契丹皇帝賀乾元節書

四月日伯大宋皇帝致書于姪大契丹聖文神武睿孝皇帝闕下乾陽正月紀兹載誕之辰隣聘修歡貺以千齡之祝書言既縟禮幣兼豐感著之私敷陳罔罄今彰聖軍節度使蕭供等回專奉書陳謝不宣白

皇帝回契丹皇帝達皇太后賀乾元節書

四月日伯大宋皇帝致書于姪大契丹聖文神武睿孝皇帝闕下壽節届期隣歡惇契仍導柔慈之旨過申延祝之言兼厚物容用增刺著顗希侍次達此悰

誠令左監門衛上將軍耶律侶等回專奉書陳謝不宣白

恩州賜契丹皇太后賀乾元節人使茶藥口宣

卿等夙奉信函及兹誕節載勤馳傳方止中途宜有寵頒用伸撫慰

恩州賜契丹皇帝賀乾元節人使茶藥口宣

卿等甫臨誕日來講隣歡載惟將命之嚴宜有勞勤之錫俾伸寵賚式示眷嘉

天齊仁聖帝廟開啓祈祥迎福催生金籙道

場密詞三月二十日

伏以高穹降慶方垂佑於邦家彌月告期用薦誠於科籙冀衆真之昭鑒臻百順以儲休

廣聖宮開啓催生道場默表三月二十日

伏以帶韣迎祥慶禖祠之叶應潔壇修薦致精懇以冥祈俾因鱗瑞以通誠仰冀靈真之報福

内中福寧殿開啓天祺節道場青詞三月二十日

伏以候臨初燠節紀嘉名肅嚴祕殿之居降集清真之馭薦之馨苾報以善祥豈惟敷佑於眇躬兼冀均休於庶品

内中福寧殿罷散天祺節道場青詞同日

伏以薰風應候，瑞節紀時，按琳簡之真文，嚴紫庭之邃宇，衆靈來格，真感交通，嘉乃羣生，蒙兹百福。載傾虔意，鑒此明誠。

後苑親稼殿開建鎮星祈福道場青詞三月二十日

伏以祠禖叶應，彌月告祥，肅依科籙，以薦誠仰冀，昭臨之降鑒，錫之祉福，佑以休（一作保）寧，惟集慶於邦家，求延鴻於基緒。

萬壽觀開啓求嗣保安道場青詞

伏以廟社降祥，宮庭叶慶，載涓吉旦，交薦明誠，期仰格於清真，俾數延於社福，永昌基祚，遐企靈休。

景靈宮天興殿開啓催生保慶道場青詞

伏以誕彌叶慶，蠲潔修誠，嚴祕殿於靈宮，誦真文於蘂簡，逋此苾芬一作苦之薦，袚其菑害之虞，仰冀昭回，丕符鑒祐。

護國顯應公廟開啓保安催生道場青詞

伏以正陽旅月，載育開祥，式因靈宇之嚴，交薦精衷之潔，仰冀衆真之貺，數昭百順之休，永祚皇圖，實希道蔭。

賜新除行刑部尚書依前觀文殿大學士知陳州劉沆讓恩命不允詔 四月五日

卿嚮以宰弼之崇屢形懇避居留之任因用均勞而休風藹然嘉問時至方深眷倚遽閱奏封顧惟陪輔之邦俾遂便安之請增之美秩優我舊臣豈祗循於故常蓋以示夫褒寵膺受之際逡巡以辭雖言匪飾文見於能讓而令行已出難矣復還其體余懷往祗新命

雄州白溝驛賜契丹賀乾元節人使却回御筵兼撫問口宣 四月十三日

卿等聘函時達使傳言旋冒茲炎燠之辰涉此川塗之邈宜申宴錫式示眷懷

賜中書門下戒僭奢詔五月四日

敕中書門下朕纘承丕基撫有方夏謂教之不可以家至而行之每務於身先惟是儉勤敢忘勉勵期與羣庶臻于富康而人殆久安驕於佚欲物豐太盛耗以浮虛苟奉養以自私忘僭奢之爲戾士民交黷貴賤靡分惟其殫力之能無復等威之制考於著令雖有舊章顧在攸司鮮聞用法民遂安於常習弊罔革以滋深紀綱既紊於度程風俗以至於流蕩俾朕有

欲治之意不能副余之誠心而民多自陷之愚未免煩余之訓導夫令信由於貴始下化先於上行眷予一二之臣其率庶工而警職俾爾多方之衆勿踰常憲（一作法）以干刑庶漸革於侈風以共趨於治路凡居室之制罷閘之度冠服之章妾媵之數其令中外臣庶遵守前後條詔如有違犯仰御史臺及開封府糺察聞奏其諸路州軍即委轉運使提點刑獄臣寮及逐處長吏施行布告中外咸使聞知故兹詔示想宜知悉

西太一宮續催生道場密詞 四月二十六日

伏以吉月迎祥靈棋叶應爰即清真之宇虔修科式之儀冀祓滌於害災俾敷昭於福應載昌儲慶永佑基圖

東太一宮開啓保夏祝聖壽金籙道場密詞 四月二十六日

伏以珍館邃嚴格真靈而來宅明誠蠲潔薦馨兹以交修導迎百順之祥及此長嬴之序伏願寶圖綿固壽曆延長永敷佑於邦家溥均休於品庶

為將來祫享禮畢奏謝內中福寧殿并景靈宮等處諸神表 六月二十五日

伏以清廟有嚴，仲冬正序，乃先時祭，躬講禮文，賴真靈之集休，俾容典之咸舉，仰膺佳貺，彌勵丹衷。

爲將來祫享禮畢奏謝諸寺院表 同日

伏以宗廟之嚴，祭祀惟重，矧茲合食之義，尤爲盛禮之文，乃顧眇躬，克成大饗，實繁貺祐，用薦菲誠。

內中爲將來祫享禮畢奏謝露香表 同日

伏以月正仲冬，禮成大饗，所以序昭穆之位，格祖宗之靈，荷清穹之降休，俾盛典之獲舉，敢伸昭謝，冀達精衷。

爲將來祫享禮畢奏謝諸寺院神御表 同日

伏以玆者祇率孝心躬修合祭潔精誠而是薦蒙顧享之來臨惟慈聖之降休俾眇沖之成禮敢忘勵翼永荷基圖

爲將來祫享禮畢奏謝永安陵等處表 同日

伏以恭承先烈獲守慶基式因冬物之有成載肅廟容而合食上躋丕貺克展孝思是惟感慕之誠益勵祇寅之志

爲將來祫享禮畢奏謝泰山廟等處表 同日

伏以玆者因歲物之冬成講祭容而時舉豆籩有序禮樂交修顧惟眇躬克遵盛典實賴明靈之佑敢忘

報既之誠

賜步軍副都指揮使涇州觀察使秦鳳路副都部署王凱赴闕茶藥口宣 六月一十五日

卿祇膺召節，方屆都畿，載惟道路之勤，屬此炎薰之候，宜頒良劑，式示眷懷。

賜步軍副都指揮使涇州觀察使秦鳳路副都部署王凱赴闕生料口宣 同日

卿出膺邊寄，入恪覲容，顧就館以云初，方奉圭而來見，宜頒餼勞，式示眷懷。

除宋庠制 加恩進封

門下盡其志以饗親因而餕惠爵于朝而示衆所以襃功考祭典而可稽著國章而有舊矧乃樞機之任惟余鼎鼐之臣飭事齊莊宣力左右方此慶行之始宜推寵數之隆推忠協謀同德佐理功臣樞密使開府儀同三司檢校太尉行兵部尚書同中書門下平章事兼羣牧制置使上柱國廣平郡開國公食邑七千八百户食實封二千九百户宋庠履行清純器識深茂夙有佳譽蔚爲名臣文足以爲國華學足以謀王體入則登于三事備罄謨猷出則殿于大邦謳存風績自還機務頻歷歲時秉一德以協恭出處不更

其守展四體而盡瘁夙夜匪懈其勞屬盛禮之有成廣推恩而自近按夫輿地特啓於新封加以寵名蓋遵於故事惟是便蕃之錫式伸眷倚之懷於戲君子者邦之基大臣者民之表搢紳之望所屬老成德業之隆豈煩多訓服我休命往惟欽哉可特授依前檢校太尉行兵部尚書同中書門下平章事兼羣牧制置使充樞密使特封莒國公仍賜推忠協謀同德守正佐理功臣散官勳食實封如故主者施行

除李昭亮制 加恩

門下朕卜吉孟冬躬薦清廟祖考來格貺以百福之

多慶賜遂行均于四海之廣惟予將相之任是謂股肱之良宜擇剛辰誕揚休命忠果守正佐運翊戴功臣彰信軍節度曹州管内觀察處置等使開府儀同三司檢校太保同中書門下平章事持節曹州諸軍事行曹州刺史上柱國隴西郡開國公食邑一萬一千五百户食實封三千四百户李昭亮志尚純慤資識敏明世家舊德之餘早遘重熙之盛備于跑使奮厥材猷好學詩書知將率之爲體兼推威信撫士卒以克和入則有宿衛之勤出則著扞城之效寄之方面屢守於要藩班乃政條頗（頻一作）聞於佳譽乃眷别

都之重寶司留鑰之嚴擁節秉鈞並享崇高之貴治戎撫俗兼資鎮靜之材兹惟圖任之艱方屬倚毗之意是用因霈恩之浹洽推異數之便蕃廣乃疏封增其真户仍疇美績褒以嘉名於戲秉德不回所以見始終之操好謙自守乃能居寵禄之榮汝其欽哉膺此優渥可特授依前檢校太保同中書門下平章事使持節曹州諸軍事行曹州刺史充彰信軍節度曹州管内觀察處置等使加食邑七百户食實封四百户仍賜推誠保德守正佐運翊戴功臣散官勳封如故主者施行

除梁適制特授特進加恩

門下王者嚴其宗廟饗必及其時盡其誠心祭則受其福朕躬執圭瓚率諸臣工因百物之成冬格列聖而合食嘉與有位之衆均兹錫祉之繁矧惟槐鼎之舊臣實繫國家之大體宜優新命以告外庭推誠保德忠亮翊戴功臣定國軍節度同州管内觀察處置等使光禄大夫檢校太傅使持節同州諸軍事同州刺史兼御史大夫上柱國安定郡開國公食邑四千七百户食實封一千五百户梁適世胄之華早躋仕路藝文自奮繼踐辭科進階顯榮亟被奬擢優游侍

從之列嘗奉於清閒出入中外之勤實勞於夙夜既贊樞府遂登宰司啓沃之謀詁言猶在進退之際禮遇兼隆自歷藩垣頻更歲月近惟大鹵實宿勁兵俾分節制之權以爲方面之重撫兹雅俗藉爾敏材屬熙事之有成均慶恩而方洽是用敘陟崇階之貴兼增食户之多惟兹寵章蓋率舊典於戲執忠信之一節所以事君守富貴而不驕乃能終吉是惟素學寧假訓辭往服茂恩當體予意可特授特進依前檢校太傅使持節同州諸軍事行同州刺史兼御史大夫充定國軍節度同州管内觀察處置等使加食邑七

百户功臣勳封食實封如故主者施行

除許懷德制加恩

門下賞以懋功俾有能之知勸祭之爲澤思在位以咸均嘉盛禮之斯成務推恩而惟廣矧乃着明之掊是爲心膂之臣宜示優隆式揚誕告衛聖忠果雄勇翊戴功臣殿前都指揮使保寧軍節度婺州管内觀察處置等使特進檢校尚書左僕射使持節婺州諸軍事行婺州刺史兼御史大夫上柱國潁川郡開國公食邑五千户食實封一千二百户許懷德勁勇之質蓋稟天姿忠厚之良自爲國器少有四方之志出

逢千載之辰蘊其材謀能自奮勵訓我士卒號令之
信甚明爲予爪牙介胄之色難犯爰採軍中之譽俾
分閫（閫一作）外之權遂膺旄節之榮專董貔貅之旅宿
衛宫禁周旋歲時宣力甚勤有知無不爲之節盡瘁
後已加老而益壯之心誠未耗於精明豈但矜於矍
鑠屬受釐之均慶方浹宇以蒙休載推圖舊之懷式
叙疇勞之典益其封食錄乃功庸於戲享爵禄之崇
高荷寵靈之優渥挺金石不渝之操兹惟事上之誠
知富貴克守之難用保有終之吉勉矣來効往其欽
哉可特授依前檢校尚書左僕射使持節婺州諸軍

事行婺州刺史兼御史大夫充殿前都指揮使保寧軍節度婺州管内觀察處置等使加食邑七百户食實封三百户仍賜衛聖忠果雄勇宣力翊戴功臣散官勳封如故主者施行

翼祖皇帝册文

維嘉祐四年歲次己亥十月壬戌朔十二日癸酉孝曾孫嗣皇帝臣某敢昭告于高祖翼祖簡恭睿德皇帝伏以皇天眷命興德造邦始基之功實自積累獲嗣丕烈敢忘翼勵孟冬吉月歲事既成合祭以時舉兹禮典惟是備物將以誠慤之心神其歆之錫以多

福謹以一元大武柔毛剛鬣粢盛薌合薌萁嘉蔬嘉薦醴齊嚴恭備物式薦虔心高祖妣簡穆皇后劉氏配尚饗

真宗皇帝册文

維嘉祐四年歲次己亥十月壬戌朔十二日癸酉孝子嗣皇帝臣某敢昭告于皇考真宗膺符稽古成功讓德文明武定章聖元孝皇帝伏以古之以孝而饗親者氣節既至感其思心礿禘嘗烝禮以時舉然猶未猒其志也則又大合祖宗而享焉顧惟小子克守成業治民事神動有丕訓是用躬執圭瓚薦其芬芳

僾一作愾又作慨然如聞來格來既謹以一元大武柔毛剛鬣粢盛薌合薌萁嘉蔬嘉薦醴齊嚴恭備物式薦虔心皇妣章穆皇后郭氏皇妣章獻明肅皇后劉氏皇妣章懿皇后李氏配尚饗

淑德皇后册文

維嘉祐四年歲次己亥十月壬戌朔十二日癸酉孝孫嗣皇帝臣某敢昭告于皇祖妣淑德皇后尹氏伏以彤管有煒內德茂焉清廟載嚴合食為重卜月惟吉備物有容威靈來臨昭穆序配薦以誠潔神其顧思謹以一元大武柔毛剛鬣粢盛薌合薌萁嘉蔬嘉

薦醴齊嚴恭備物式薦虔心尚饗

賜樞密使宋庠讓恩命第一表不允批答

省表具之朕以因時致享克展於孝思已祭受釐大均於慶澤乃眷耆明之哲實予體貌之臣肅臨事之有容既交神而蒙貺宜推異數以示眷懷雖嘉好謙曷止成命所讓宜不允

賜樞密使宋庠讓恩命第二表不允斷來章批答

省表具之卿蘊純和端慤之誠富敏贍通明之學惟時舊德實我柄臣當祀事之有成廣慶恩而方洽疇

其封爵錫以號名茲爲寵章蓋舉常典無煩避讓其往欽承所讓宜不允仍斷來章

賜樞密使宋庠讓恩命第一表批答口宣

熙事既成方大均於祭澤寵章所異宜首及於樞臣當即往膺勿煩沖讓

賜樞密使宋庠并河陽三城節度使判河南府文彥博加恩告敕口宣

朕以饗親致孝餕惠均恩宜有寵章以褒舊德往欽新命當體眷懷

閤門賜華原郡王允良感德軍節度使允初

告敕口宣

蔚爲賢王陪我祀事既膺福貺宜被寵靈往體予懷祗服新命

賜皇弟奉寧軍節度使華原郡王允良讓恩命第一表不允批答

朕合食祖考以昭孝推恩宗族以展親所以厚人倫明數變卿以近屬肅然在庭能盡志以修容不違禮而終事方慶典之均洽宜寵章之所先好謙之懷雖可嘉尚已出之命其往欽承

賜皇弟奉寧軍節度使華原郡王允良讓恩

命第二表不允斷來章批答

卿擢秀宗英作屏王室從我祠事罄其齊明因餕惠之均恩示推仁而睦族避讓之節固已識於沖懷敦諭既勤宜往祇於成命

賜皇弟感德軍節度使允初讓恩命第一表不允批答

朕因時孟冬薦鬯清廟蒙祖考之來貺均慶賜以推行乃眷宗藩宜優寵數蓋克遵於舊典何過自於撝謙其欽訓言往服休命

賜皇弟感德軍節度使允初讓恩命第二表

不允斷來章批答

朕親款太宮致饗列聖豢神貺其百福思慶及於多方乃眷宗藩宜優寵數惟是便蕃之錫式推敦睦之仁嘉乃沖懷形于懇避禮有常節無爲過恭命之已行難或中止

賜皇弟華原郡王允良感德軍節度使允初讓恩命第一表不允批答口宣

卿以宗藩之近參闕祀之嚴爰疇乃勞優以異數宜思祗受勿復固辭

賜皇弟華原郡王允良感德軍節度使允初

讓恩命第二表不允斷來章批答口宣

卿以宗支之賢陪廟祀之重均兹慶典遽述讓誠命出已行理難中止所宜祗受以副予懷

內制集卷第六

内制集卷第七　　歐陽文忠公集八十八

賜河陽三城節度使同中書門下平章事判河南府文彦博加恩告勑詔

朕因孟冬之吉辰，饗太宮而合食。膺受神貺，推行慶恩。眷惟同德之臣，方處居留之任。宜優異數，少示眷懷。既敷告於外庭，其往祗於休命。

内中福寧殿開啓祫享預告道場青詞　十月十九日

伏以宗廟之嚴，祫祭爲重。乃卜孟冬之吉，躬修合食之儀。仰企上靈，冥孚陰佑。俾克成於盛禮，冀永錫於

純禧式展孝思用膺神貺

在外五嶽四瀆四海并諸神廟等處謝祫享禮畢祝文 十月十九日

屬者卜吉孟冬致饗清廟聖靈來格福祉沓臻荷神貺之不違俾縟儀之克舉敢忘神報達此明誠

泗州塔下并峨嵋山開啓謝祫享禮畢道場齋文

兹者冬物告成因饗親而達孝神鑒來貺既均慶之以時惟盛成一作禮之弗違荷巨慈之旁祐即靈場而申報冀冥鑒之孔昭薦此誠明期於福應

太平興國寺開先殿開啓孝明皇后忌辰道場齋文 十一月一日

伏以柔明之範，瞻厚德而已遐；感慕之思，託洪慈而申薦。載嚴寶殿，恭啓貝函，惟淨福之是資，冀靈游之永祐。

太平興國寺開先殿開啓孝明皇后忌辰道場功德疏右語

右伏以真覺之慈，應物溥示於能仁；孝思之感，以時式臨於諱日。俾延淨侶，交奏梵功，冀承勝利之因，永獲冥深之祐。

賜西南番蠻人張光現等敕書十一月三日

汝世守邊疆遠輸忠順時修職貢附達款誠載嘉勤恪之心宜示褒優之錫

賜宰臣富弼乞退不允批答

省表具之夫知人之明可謂難矣而任賢之術茲豈易哉若乃聽之不聰信之不篤施設之方未盡弗極其材遲速之効有時莫能少待則被其任者實亦艱歟卿以純一忠亮之誠藴宏深遠大之業朕虚己以聽推心仰成至於一二之臣是惟同德下逮衆多之論曾靡間然方將甄敘賢愚修明法度務究本根而

更治不求歲月之近功期於有成茲乃予意奈何中道而將止夫亦奚託以爲辭矧上下既交寧有不通之志而君臣相遇豈爲易得之時當體余懷勉安厥位所乞宜不允

賜外任臣寮進奉助祫享銀絹等敕書

朕卜吉孟冬合食清廟禮樂交舉臣工畢從嘉守土之修官咸以時而來助各以其物粲然在庭載省勤誠良深歎尚

賜觀文殿學士禮部尚書王舉正乞致仕不允詔十一月十四日

夫朝廷之廣大賢儁之衆多必有皤然耆壽之臣以當上所優禮之異或事思所訪則有老成俾時之式瞻以為人望故禮雖七十猶有不得謝者焉卿懿文高行有君子之風清節令問為當世所重閟書祕殿日侍清閑進讀經筵坐論道德固非有官司之責筋力之勞宜思少安副我眷待

鎮潼軍華陰縣雲臺觀修整真宗皇帝御容等殿今已了當扶請御容入本殿奉安祝文

十一月十四日

屹爾名山斯為福地翼然寶構式奉威靈繕完既新

考卜惟吉鑒茲懇至永以安安

鎮潼軍華陰縣雲臺觀修整聖祖及真宗御容等殿今已了當乞請御容入本殿奉安青詞十一月十四日

伏以靈峯甚峻仙宇載嚴爰考吉辰奉寧真聖式伸祗告昭鑒乃誠

賜相州觀察使劉從廣進奉乾元節馬詔

卿蔚有斂材膂于寄任遠瞻壽節効乃誠勤在庭之獻肅陳事上之忠可見省閱之際嘉歎不忘

賜觀文殿大學士尚書户部侍郎知定州龐

籍乞退不允詔

敕龐籍省所劄子奏以年齒衰殘自去年七月後累奉表及劄子輸瀝懇誠尋蒙差知定州亦曾面告祇乞一年許賜請老歸第伏望早賜差人承替得遂前懇事具悉夫難進易退雖士節之甚美而尚賢優老亦朝家之所先故禮稱引年而有不得謝卿以儁德爲時舊臣柬於予衷任以方面材猷甚壯視聽方彊矧夫邊徼無虞民事尤簡固可以偃息藩屏養頤精神而遠慕昔賢願還官政雖止足之意誠可尚於高懷而眷遇之深難遽從於來請所乞宜不允故兹詔

示想宜知悉冬寒卿比平安好遣書指不多及

賜河陽三城節度使同中書門下平章事判河南府文彥博辭加恩不允詔十一月十七日

敕彥博省所上表陳讓祫享禮畢加恩事具悉朕屬者潔齊精誠薦見宗廟蒙神之貺受福孔多推慶賜以大行均中外而咸及矧我同德乃時舊臣惟體貌之隆宜加於異數而襃優之意未稱於予衷嘉讓節之甚勤顧成命之難止所讓宜不允故茲詔示想宜知悉冬寒卿比平安好遣書指不多及

賜樞密使檢校太尉同中書門下平章事宋

庠讓恩命第二表不允斷來章批答口宣

卿陪祀疇勞啓封加命再形懇讓深識沖懷顧定志之弗移宜承命而毋忽

西太一宫開啓祝聖壽年交金籙道場青詞

十一月二十三日

伏以萬物堅成樂歲功之斯就四時迭運荷乾施之無窮爰即靈場載啓科式薦以苾芬之潔通於杳默之神伏願威鑒昭臨福禧穰集固穹隆之壽曆延緜永之皇圖下逮羣生咸均餘祐

萬壽觀寧華殿開啓温成皇后忌辰道場青

詞十一月二十九日

伏以妙道無方推乎善應清真昭格通以明誠追內則之有儀藹餘芳而未遠式臨諱日俾按醮科爰即琳宮肅延羽士冀資冥福永助仙游

閤門賜許懷德張茂實告敕口宣

卿素稱忠勇備著勞能俾更旄節之榮仍董貔貅之旅往膺寵命其體眷懷

賜觀文殿學士禮部尚書王舉正乞致仕不允詔十一月二十九日

卿精深之學足以待問清懿之望足以鎮浮嚮從守

藩念遠賢之在外來侍經帷冀開予於未聞惟道德之所資非耆舊而誰處雖引年之制禮固有常而愛老之心予寧敢忽所宜勉近醫藥輔安精神期臻壽康以副虛佇所乞宜不允

賜馬步軍副都指揮使張茂實赴闕生料口宣十二月六日

卿遠趨召節方届都城惟兹饋品之豐式舉彝章之舊往祗寵錫式體眷懷

班荆館賜契丹賀正旦人使到闕御筵口宣十二月九日

卿等歲元茲始，隣好時修，載馳使傳之勞，方次都門之近，宜伸須錫，式示眷懷。

正月五日賜賀正旦人使內中酒果口宣

卿等夙將信聘，來結隣歡，方伸宴飫（一作飲）之豐，式示眷懷之意，芳醪嘉實，宜厚寵頒。

賜侍衛親軍馬軍副都指揮使張茂實讓恩命不允詔十二月十五日

卿蔚有材武，稱於周行，早罄忠力，膺予寄任，自分齊鉞，屢易名邦，俾更節制之權，入總禁嚴之旅，扞城宿衛，皆汝職焉。載閱來章，雖嘉讓節，趨祇成命，宜體眷

懷所讓宜不允

内中福寧殿開啓天慶節道場青詞

伏以新陽叶律肇正於歲端嘉節紀時蓋遵於國典載嚴祕殿遐企上真薦兹蠲潔之誠杳達清冥之應冀承靈貺永祐皇圖

内中福寧殿罷散天慶節道場青詞

伏以元符肇貺先聖是膺紀爲令節之名著乃仙科之式用嚴禁䆠恭薦苾芬冀真馭之昭臨貺嘉祥而茂集基圖永固動植均休

賜新除建雄軍節度使依舊殿前都指揮使

許懷德讓恩命第二表不允斷來章批答二十

月五日

省表具之卿拔從行伍之微董我師徒之衆嘉爾勞舊優之寵榮乃思功効之未彰能形避讓之沖懇已行之命其往欽承事上之忠無或怠忽所讓宜不允仍斷來章

内中御侍已下賀皇帝年節詞語

妾等言伏以堯官謹曆萬物惟新夏數得天四時以正恭惟尊號皇帝陛下睿明稟哲慈儉保邦正朔頒行極舟車之所至仁恩慈一作溥及順天地以發生妾

等忝備掖庭獲瞻黼座順三微之首月祝萬壽於無疆

賜夏國主進奉賀正旦馬駝詔

王正首歲玉曆頒春眷惟繼世之忠克効守藩之職勤修時貢來旅明庭言念傾輸良深歎獎

皇帝回契丹皇帝賀正旦書

正月日伯大宋皇帝致書于姪大契丹聖文神武睿孝皇帝闕下歲端更始順陽律以布和信聘時修講隣歡而增固閱書言之勤好加篚幣之腆豐感戢所深述宣罔既今懷化軍節度使耶律碬等回專奉書

陳謝不宣白

皇帝回契丹皇帝達皇太后賀正旦書

正月日伯大宋皇帝致書于姪大契丹聖文神武睿孝皇帝闕下玉曆頒時寶隣交聘無馳使馹別枉信函載傳慈懿之言益固講修之好顧希侍次達此悰誠今歸德軍節度使耶律思寧等回專奉書陳謝不宣白

賜起居舍人知制誥劉敞等獎諭詔十二月九日

敕劉敞省所進袷享詩事具悉袷大祭也禮久闕焉朕因時孟冬躬薦圭瓚永惟祖考之烈格于天地禮

樂之盛昭乎一作于物容宜有儒學之臣形爲頌歎之美卿議論閎博辭章爛然敷訓告以代予言是惟其職發揄揚而稱上德聊見餘才省閱已還嘉尚良切故茲獎諭想宜知悉

賜刑部郎中充天章閣待制錢象先等獎諭詔十二月九日

敕象先省所進祫享詩事具悉祫大祭也禮久闕焉朕因時孟冬躬薦圭鬯永惟祖考之烈格于天地禮樂之盛昭乎一作于物容宜有儒學之臣形爲頌歎之美覽奏篇之來上慶熙事之有成文采可觀歎嘉于

再故兹獎諭想宜知悉

賜屯田員外郎國子監直講梅堯臣獎諭敕書十二月九日

敕梅堯臣省所進祫享詩事具悉汝行懿而粹學優而純以詩自名爲衆所服矧乃詠祖宗之功德述禮樂之聲容宜被朱絃以薦清廟載披來獻深用歎嘉故兹獎諭想宜知悉

賜西京作坊使知麟州王慶民獎諭敕書十二月十七日

敕王慶民省所奏準密院劄子節文以臣撰成麟府

二州緝圖一面幷序目二冊詣闕上進事具悉古之用兵者必因地形制方略然後可以策勝敗之筭運奇正之謀爾以材武之資有敏明之識自膺柬寄出守邊封而能周知山川險易之形歷覽亭障屯防之要列為凡目纂爾（一作可）條陳不惟指掌於披圖足以因時而制變遽茲來上深體乃忠省閱以還歎嘉曷已故茲奬諭想宜知悉

集英殿告遷宣祖皇帝昭憲皇后御容赴奉先禪院慶基殿奉安祝文

伏以祖烈昭宣威神緬邈顧祠庭之夙敞崇實構以

載新冀即妥安永伸（一作申）嚴奉

奉先禪院法堂上告遷宣祖皇帝昭憲皇后

御容赴内中奉安祝文

伏以早嚴寶殿，以佇神游。今奉威靈，即安清禁。仰惟鑒格，歆此精衷。

景靈宮奉真殿開啓真宗皇帝忌辰道場看

佛經都功德疏語

伏以威神在天，奉真遊而時格；覺慈宣化，敷慧福以無窮。追諱日之甫臨，演祕言而申薦。永緊仁佑，式慰孝衷。

景靈宫奉真殿真宗皇帝忌辰道場看道經

都功德疏語

伏以琳宫嚴敞奉真馭以來臨寶笈飛華演靈篇而甚祕式届過音之日載深濡露之懷遐薦福因永資道蔭

景靈宫廣孝殿章懿皇后忌辰道場看佛經

都功德疏語

伏以諱日斯臨孝心增感永慕至慈之德載瞻大覺之雄既集善因遐資福果

景靈宫廣孝殿章懿皇后忌辰道場看道經

都功德疏語

伏以春露既濡，孝思罔極，即仙庭之祕邃，誦金簡之精微，仰冀清真，永資遐福。

賜新除建雄軍節度使殿前都指揮使許懷德讓恩命第一表不允批答口宣

卿以宿衛之勤，勞能備著，俾移使節，式示眷懷，宜體優恩，勿持堅讓。

賜新除建雄軍節度使殿前都指揮使許懷德讓恩命第二表不允斷來章批答口宣

卿夙推材武，久擁節旄，俾易名藩，用伸優遇，無煩固

避往服新恩

賜觀文殿學士尚書右丞田況乞致仕不允批答嘉祐五年正月八日

省表具之卿德量足以容衆材識足以濟時蔚然君子之風綽有大臣之體自嬰疾恙求解樞機朕心惻然深以爲惜乃惟書殿之清職自非耆哲而弗居俾從優游以便頤養所期福善之理當蒙勿藥之休還來輔予以盡賢業遽形引謝良異眷懷所乞宜不允

皇第九女封福安公主制正月二十四日

門下朕稽有國之彝章著皇女之稱謂取其主以同

姓所以見王體之尊必也錫之美名所以彰禮命之寵載涓吉日敷告在庭皇第九女岐嶷之姿有生知之異禀柔順之質得天性之自然方嚴保傅之規以養肅雍之德俾遵舊典褒以徽章嘉乃妙齡臧哉儀服考僉言而惟允非予意之敢私於戲隆仁恩以厚親兹惟教愛習圖史而循法繫乃夙成祗若訓言往膺渙渥命（一作）可封福安公主仍令所司擇日備禮册命主者施行

皇第十女封慶壽公主制 同日

門下詩紀王姬之盛車服之制甚嚴漢優帝女之儀

湯沐之封，並列蓋敷國體，匪曰親私。惟始被於寵章，常推擇於嘉號。載稽成憲，誕告外庭。皇第十女寶婺分暉，仙源襲慶，天姿異稟，温而有儀，姆教不煩，生而知善。方居妙歲，蔚有令猷。朕仰承燕翼之謀，茲膺一作膺茲蕃衍之祉，俾新禮命，式示褒榮。於戲！寵秩既崇，在乎有德；名稱甚美，享乃多休。祗服茂恩，勿忘明訓。可封慶壽公主，仍令所司擇日備禮册命，主者施行。

内中御侍已下賀皇帝乾元節詞語正月二十六日

妾等言：正陽旅月，式符誕聖之期；令節稱觴，共獻無疆之壽。伏惟尊號皇帝陛下法堯聰睿，躬禹儉勤，學

德浸於黎元至仁同於覆載舟車所及聲教咸均氂
兹率土之濱共効南山之祝妾等欣逢嘉會獲侍嚴
宸敢望清光恭陳善頌無任歌時樂聖歡呼激切之
至

內制集卷第七

在外嶽瀆等謝祫享禮畢祝文

神報（疑是伸報）

歐陽文忠公集八十九

内制集卷第八

乾元節謝内中露香表 嘉祐五年正月二十六日

伏以清穹眷佑，皇緒丕隆，方陽月之正時，屬誕辰而著節。仰瞻霄極，薦此芬馨，冀膺敷錫之祥，永保延鴻之慶。

乾元節謝内中真宗皇帝表 同日

伏以佳名著節，載誕紀辰，永惟涼眇之躬，獲荷顯休之業。動遵聖訓，期保慶基，怵惕之懷，孝思罔極。

乾元節謝内中章獻明肅皇太后章懿皇太后章惠皇太后表 同日

伏以天陽正候壽節紀時深惟載育之恩緬慕至慈之德敢忘翼勵期保延鴻

賜樞密副使右諫議大夫張昇乞解罷第一表不允批答 正月二十九日

省表具之朕惟一二左右之臣出納樞機之命必有同德為時老成卿質學器閎材優識敏風力甚勁晚而不衰議論有稽言而必中朕所體貌民之具瞻豈宜退徇謙沖自厭繁務盡瘁事國矧惟素懷推心仰成當體予意所乞宜不允

除文彥博易鎮判大名府制 二月十五日

門下朕惟將相之崇資是為文武之極選隆其名器所以重朝廷列于蕃宣所以屏王室矧乃居留之任必屬老成之人爰擇剛辰敷告有位具官文彥博器閎而學識粹而明學得其方通古今而知要才周於物適大小以惟宜自奮發於聲猷早更揚於中外居則參裨乎國論出則宣暢乎皇威兩踐台司首當柄用賢愚式序舉百職以咸修綱紀甚明贊萬機而至悉自（一無此字）懇避鈞衡之任出司管鑰之嚴逮此踰時蔚然休問眷言邦哲實簡予衷是用更其擁節之榮委以別京之重勁兵所宿實資總制之權雅俗惟淳

兼賴撫綏之政於戲與國同體是謂股肱之良惟民具瞻方隆師尹之望顧我舊德豈煩訓辭往其欽哉祇服休命可特授依前檢校太師同中書門下平章事潞國公行陝州大都督府長史充保平軍節度使判大名府兼北京留守司事充大名府路安撫使加食邑七百戶食實封五百戶功臣散官勳封如故仍放謝辭發赴本任主者施行

除李昭亮檢校太保判定州制 二月十五日

門下嚴師律以宣威是爲將率之事謀王體而坐論必屬廊廟之臣惟二柄之是兼蓋一時之首選顧於

寄任宜副倚毗爰告外庭式揚休命具官李昭亮資質純厚器識通明世有勳庸蔚爲舊德家傳韜畧濟以美材爰自壯齡早膺獎擢訓齊士伍號令信於恩威宿衛朝廷勤勞著於夙夜屢被藩宣之寄實資鎮撫之才惟留鑰之別都乃宿兵之重地歲時滋久譽望益嘉眷言中山還爾舊治是用易以將旄之寵增其帝傅之崇於戲宣國威靈用綏寧於邊鄙求民疾苦以班布於教條俾無北顧之憂惟我老成之倚往踐厥位時惟欽哉可特授檢校太傅依前同中書門下平章事行兖州大都督府長史充泰寧軍節度使

充定州路都部署兼安撫使判定州加食邑七百戶食實封三百戶功臣散官勳封如故仍放謝辭發赴本任王者施行

除李端懿寧遠軍節度使知澶州制 同日

門下至治之時常不忘於武備用兵之要在先擇於將臣禮樂詩書必資於學智信嚴勇又兼以仁是惟難才豈不慎選用諏（一作擇）剛日數告外庭具官李端懿器質宏深資識敏茂地聯近戚無富貴之驕世濟美材躬儒素之行粤從壯歲綽有令名學問足以與謀忠信可以事上而能克勵名節靡皇宴安每思報

國以有爲嘗請治民而自効北州之政稱最東土之
人甚思惟留務之是居顧歷時而頗久俾加褒進爰
考僉同是用寵以節旄委之蕃翰於戲爲政而先無
擾所以靖民除戎以戒不虞是宜有素繄乃通明之
畧副予東任之懷往惟欽哉膺此休渥可特授依前
檢校刑部尚書充寧遠軍節度使知澶州加食邑七
百户食實封二百户散官勳封如故主者施行

二月十八日

賜禮部侍郎參知政事曾公亮乞罷不允詔

卿以敏識精學參贊萬務儁德茂行表儀百僚而思

慮之勞，偶嬰疾恙藥石之効閒比康平嘉謀話言日以虛佇封章屢上引避甚堅豈未體於眷懷而每煩於閒諭宜専輔養以副倚毗所乞宜不允

賜新除寧遠軍節度使李端懿讓恩命第二表不允斷來章批荅口宣 同日

卿聯國懿戚惟時美材久居留使之權俾委將旄之任載嘉沖挹思避寵榮冝體眷懷無煩牢讓

閤門賜新除寧遠軍節度使知澶州李端懿告勑口宣 同日

卿地胄聯華資材甚茂早膺器使頗著聲猷俾進總

於中權式增榮於戚里所宜祗服以體眷懷

賜新除工部尚書知秦州張方平陳讓不允

詔 三月十六日

卿識茂器閎智優學博施於有用謂靡不宜乃眷西陲最爲重地惟撫綏備禦之任必通明敏給之才予難其人於爾爲得委遇之意則惟其勤避讓之誠夫何于再勉祗其往當體朕懷

賜樞密副使尚書禮部侍郎程戡乞退休第三表不允批答 三月十六日

省表具之朕惟朝廷之體廣大材賢一作賢材之士衆多

必有耆哲之臣以爲時望之重卿早被奬擢鵲然聲猷叅聯鈞輔之崇恊賛樞機之要履躬之懿久見於純誠事上之忠志期於盡瘁顧方深於毗賴而懇避於寵榮封章繼來敦諭亦至引年以禮雖嘉止足之賢優老虚懷未忘眷遇之意往安厥位宜體予衷所乞宜不允

大相國寺大殿上開啓爲民祈福道場齋文

五月三日

伏以南薰被物方兹長育之明西覺稱雄允賴慈仁之濟俾延淨侶虔啓法筵冀迎百善之祥普洽萬生

之衆

賜宰臣富弼第二表乞退不允批答五月十五日

省表具之。卿事君一心，憂國百慮，簡拔寒俊而多得遺才，慎重賞刑而惟恐過舉。蔚然德業，方學倚毗而綱憲之司，異同興論，或事非大體，或言涉難明，因其捃摭，於至微益見始終之無過。雖開廣言路，務在兼容，而進退大臣，豈當緣此？所宜篤卿自信之志，成朕不惑之明，渙然無疑，來復厥位。所乞宜不允。

賜宰臣富弼乞退第四表不允斷來章手詔五月二十四日

省四上表乞解機務事具悉朕力排讒構之言兼採搢紳之望委卿以重任待之以不疑惟致治之至難方同心而共濟勉以無怠庶幾有成而執法之臣以言為職議既不一理難必從遂其好勝之私因於積忿而發事緣譎（一作曖）昧語涉中傷遽罷憲司以釋群惑雖朕之不明不敢既能為卿而辨之而卿亦何嫌何疑遂將去朕而不顧避辭已確敦諭亦勤其體予懷復安爾位使天下曉然知朕任賢而勿貳也所乞宜不允仍斷來章付富弼

賜樞密副使張昇生日詔（一作口宣五月十九日）

卿以業履之清，優任樞機之密，勿余所禮，遇時之具瞻。爰屆誕辰，俾加慶賜。

賜荆湖北路救濟飢民知州獎諭敕書 五月二十七日

夫修人事所以禦天災，安吾民豈不在良吏。爾學優從政，職任治人，因凶歲之疫飢，體詔書之隱惻，既免罹於殍餓，仍不夭於札瘥。再惟敏事之材，深得卹荒之禮，第課來上，予心所嘉，宜有褒章，以旌善績。

賜河陽三城節度使同中書門下平章事文彦傳進奉謝祫享加恩詔 六月十七日

詩云君子邦之基記曰大臣民之表予所寵異禮宜
優隆乃因祭福之均恩首效駿良而来獻載惟誠恪
深用歎嘉

賜定國軍節度使知幷州梁適進奉謝恩馬

詔六月十七日

大鹵之雄中權爲重時有舊老東于予褒寵之旄鉞
之榮委以蕃宣之寄效駿良而来獻將誠慤之甚勤
省覽已還歎嘉曷已

賜觀文殿大學士知定州龐籍進奉謝恩馬

詔六月十七日

書殿之職號爲清優舊德之臣所宜寵異乃求駿足以副勤誠曽非貴物之心實體事君之節省閲于再歎獎不忘

賜虔州觀察使定州路副都部署劉渙進奉謝恩馬詔 同日

國家慎選材武委之事權優其寵榮所以責效卿其頒予所以養廉乃因物以達誠見事上之惟恪省閲于再歎嘉不忘

賜定國軍節度使梁適進奉謝恩馬詔

卿惟時舊德爲國將臣推恩典以既優俾家庭之增

寵乃輸良貢以效誠勤省閱以還歎嘉彌切

賜外任臣寮進奉賀袷享禮畢勑書 六月十七日

朕以孟冬上吉大祭伸虔惟熙事之既成實庶邦之共慶載披來貢深見輸忠省閱以還歎嘉良切

賜翰林學士尚書兵部員外郎知制誥吳奎乞知青州不允詔 七月二十一日

卿強學博覽足以通古今嘉謀讜言足以承顧問朝夕獻納余有望焉矧方委之劇煩嬰以事任懋乃賢業宜有施於朝廷奮乎壯猷豈暇便於鄉里其安爾職深體眷懷

賜新除宣徽南院使檢校太保鄜延路馬步軍都部署經畧安撫使判延州程戡讓恩命第一表不允斷來章批答 八月八日

省表具之。廼者卿數上封章，懇辭樞要，兼引年而爲請，思還政以自頤。眷惟耆舊之英，誠久劇繁之任。俾增書殿之職，仍參講席之聯，是曰清優，豈忘顧遇。而進見之際，聰明未衰，廼遷使領之華，往重邊陲之寄。予意所屬，僉言允諧。雖沖尚之可嘉，惟成命之難止。所讓宜不允，仍斷來章。

賜知建昌軍楊儀進奉銀、珠、稻米勑書 八月

十六日

勸力農而務本惟汝之官登嘉穀以告豐乃時之瑞粲然良實來効貢囊載惟修職之勤式綏憂民之意省閲于再歎尚不忘

賜右諫議大夫知梓州吕居簡進奉乾元節無量壽佛一幢勑書 同日

壽觴紀節鑿率土以均歡妙像有儀獻無疆之善祝嘉乃愛君之意見於事上之恭省閲以還歎嘉良切

賜新除翰林學士依前禮部郎中知制誥權知開封府蔡襄上表乞依舊知泉州不允詔

八月十五日

卿學通古今足以備獻納政適寬猛足以臨劇煩而得材之難顧常勞於選任矧居外茲久寧自逸於便安是宜勉旃來服新命綽有餘力夫何微疾之辭居然寵名固爲榮養之樂其毋必讓當體至懷

賜屯田員外郎王公袞獎諭勑書

嚮者長人之官備盜不謹害我命吏驚茲遠民汝於斯時能奮厥劾督捕甚急饋餉有方致茲兇徒卒就擒戮第功來上覆實不虛載嘉勤勞深用褒歎

東太一宮立冬祝文 九月二十四日

四時適序萬物堅藏嘉歲事之有成繄神休之是賴承兹靈貺報以吉蠲惟冀享誠益敷多祐

延福宫性智殿開啓皇后生辰道場齋文 同日

伏以坤德流徽式臨於誕日貝文宣妙恭仰於巨慈載嚴祕邃之庭駢集清修之侣冀資壽福時啓靈場伏願毫相分光法雲假蔭憑兹勝利永保遐齡

延福宫性智殿開啓皇后生辰道場密詞 九月

二十六日

伏以寒律正時適臨於良月曾沙誕慶爰紀於嘉辰夙清祕殿之嚴並集祇園之侣冀因勝利延錫禧 一作

休祥永輔坤儀益隆壽祝

故贈濮王允讓十月九日坼欑祭文 同日

日月惟吉山川既佳啓兹欑塗往即襄事顧歆薄奠宜體哀悰

故贈濮王允讓十月十八日起靈祭文 同日

儀物既備川塗甚夷往即佳城卜兹吉日靈其顧享副此哀懷

故贈濮王允讓十月三十日下事祭文 同日

惟靈稟德甚茂享年不遐余心所哀卹典斯備往即安宅享兹克誠

撫問護葬使向傳式詔 同日

葬之爲禮，古所重焉。方將事以在塗，顧勞心於祗役，眷賴之意，不忘于懷。

撫問西京并汝州路祔葬隨護宗懿已下勑書 同日

日月惟吉，川塗匪遐。顧襄事之有期，嘉送終之盡禮。勞勤備至，眷矚良深。

撫問尚宫沈氏勑書 同日

而輀旌就道，霜露戒時。載惟將護之勞，無怠祗勤之意。

撫問西京并汝州路管勾修墳并沿路巡檢

道路及管勾一行靈轝程頓排辦等朝臣使

臣内臣等勑書

卜吉趨時送終備物顧風霜之方厲念事役之爲勞

賜宰臣富弼上第一表乞解罷機務不允批

答

省表具之夫宰相之事非可以歲月考而一二數也其在朝廷選賢任能而各得其職下俾民俗遷善遠罪而不知其然至於法度修紀綱正然後相與慎守而安行之以臻于治此朕所以虚心一意日有望於卿者也今事有緒而卿辭焉豈朕德之不明將顧時

之不可中道而止夫何謂哉俾予獲用材不盡之譏而卿涉苟安自便之計予所不取卿其勉焉所乞宜不允

賜宰臣富弼上第三表乞解罷機務不允斷來章批答

省表具之卿博通古今之學深達治亂之原德業之隆名稱甚盛朕方虛己而任不愧知人之明而自秉鈞衡宣勞夙夜惟是小大之政損益施設惟卿之爲罰罪賞功進退能否惟卿之聽時有異論豈無多言一切屏之惟卿之信若乃恭己南面庶幾輔予享其

成功登于至治亦惟卿之圖其三者人君之所難于罔敢忽其一者在卿之不止庶克有成而無名屢辭實所難諭卿其體兹至意究乃素懷所乞宜不允仍斷來章

內制集卷第八

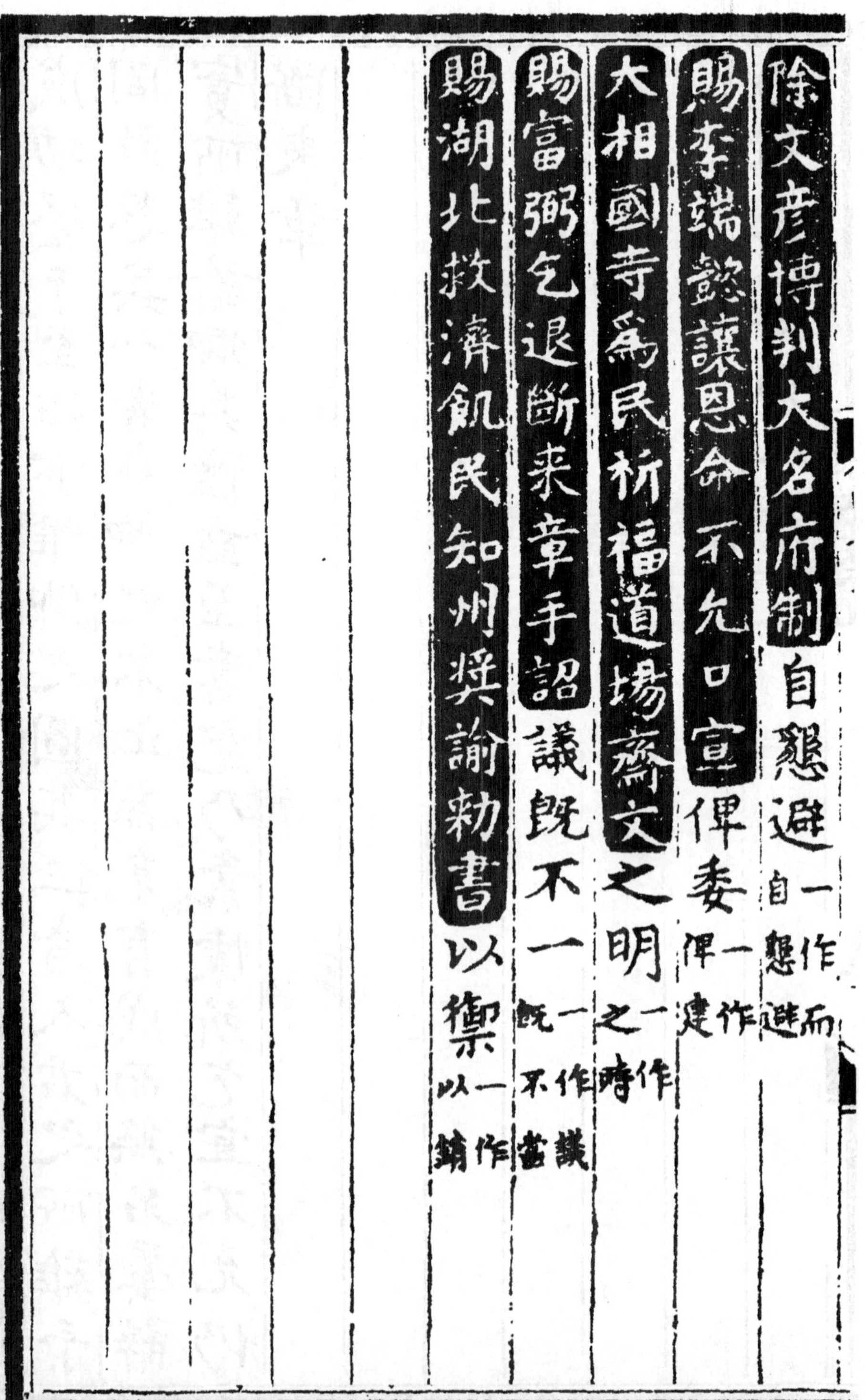

除文彦博判大名府制 自懇避（一作而自懇避）

賜李端懿讓恩命不允口宣 俾委（一作俾建）

大相國寺爲民祈福道場齋文 之明（一作之時）

賜富弼乞退斷來章手詔 議既不一（一作議既不當）

賜湖北救濟飢民知州奬諭勑書 以懲（一作以銷）